英文就醬學

英語教學達人王冠程來拯救你的菜英文

王冠程 著

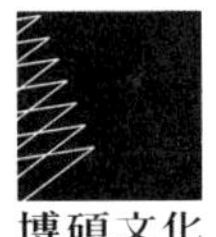

博碩文化

英文就醬學：英語教學達人王冠程來拯救你的菜英文

作　　者：王冠程
責任編輯：楊雅勻
企劃主編：宋欣政
設計總監：蕭羊希
行銷企劃：黃譯儀

總 編 輯：古成泉
總 經 理：蔡金崑
顧　　問：鐘英明
發 行 人：葉佳瑛

出　　版：博碩文化股份有限公司
地　　址：221 新北市汐止區新台五路一段 112 號 10 樓 A 棟
電話 (02) 2696-2869
傳真 (02) 2696-2867

郵撥帳號：17484299
戶　　名：博碩文化股份有限公司
博碩網站：http://www.drmaster.com.tw
讀者服務信箱：DrService@drmaster.com.tw
讀者服務專線：(02) 2696-2869 分機 216、238
（周一至周五 09:30 ～ 12:00；13:30 ～ 17:00）

版　　次：2013 年 11 月初版一刷

建議零售價：新台幣 320 元
I S B N：978-986-201-828-6 (平裝)
律師顧問：劉陽明

國家圖書館出版品預行編目資料

英文就醬學：英語教學達人王冠程來拯救你的菜英文 / 王冠程著 . -- 初版 . -- 新北市 : 博碩文化 , 2013.11

面 ；　公分

ISBN 978-986-201-828-6 (平裝)

1. 英語 2. 語法

805.16　　102021713

Printed in Taiwan

博 碩 粉 絲 團

推薦序 1　文藻外語大學 副校長 陳美華 教授

讀完本書後，可以深刻地感覺到我們這一位，文藻傑出校友獎得主－王冠程老師用他沸騰的愛心與熱忱、一籮筐的點子＆方法，以及用追根究底的態度向大家喊說：『英文不要怕』！

從《英文就醫學》一書中，字裡行間所跳出來的氣息是冠程老師的幽默。誇張口吻下的殷殷期盼，希望大家都能夠用輕鬆的方法把英文學好！他用小故事幫助英文學習者增強記憶，他也用日常生活的例子與常人表達的方式解構句型。他用建築的概念告訴讀者，英文能力『蓋』的方式，他更用邏輯思考告訴大家，英文時態可以駕馭，只要腦子清楚。

本書乍讀之下雖似激勵小品，但王冠程老師所觸及之議題顧及到學習風格與學習策略。從他所呈現的教學經驗，可以發現他的教學方法多元，不同風格的學習者，可從他身上採用所提供的不同學習策略。他的說文解字輕易的與生活週遭事物連結，讓人讀來像似在聽故事一樣，在快樂的聽完後，學習方法就可入袋。

學界對補教業英語教師所使用的教學方法甚少深入觀摩或研究，隨著教育程度提高、專業能力提昇、經驗之累積及補習教育之學習目標明確，補教業英文教師對學生之學習成效影響不容小覷！

樂見冠程老師願意藉由此書分享多年的英語教學經驗，相信此書只是個開始，也期待能陸續從他身上挖出更多的寶藏！

陳美華

金安出版集團 創辦人 蔡金安

十年來我致力於推動台語文運動，出版國小台語教科書。希望孩童能領略台語的聲韻之美，使台語琅琅上口。而早在復甦台語運動之前，我已體認到現今社會早就跨國界零距離了，於是發行了《Hello English》英語雜誌和《Way To Go》兒童美語教材。學台語是落實本土化，學英文則是加強國際觀，對於莘莘學子而言，要能「裡外兼具」才能趕上時代的潮流。

王冠程老師是補教名師，憑這多年來教學經驗，他很清楚學習英文的絆腳石是什麼？學習過程會「卡」在哪裡？我相信這本書將會打開學習英文的方便門，把阻礙學習的大石頭通通搬開，我衷心期盼廣大學子能因《英文就醬學》，從此不再視學英文為畏途。也祝福王老師再接再厲，傳授更多學習法寶，以饗讀者殷切的期盼。

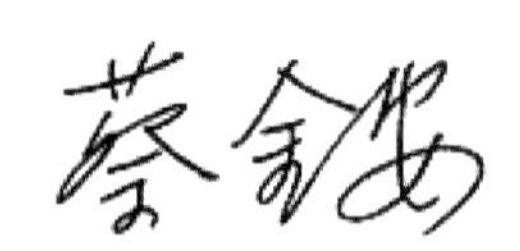

高雄市補習教育事業協會 張文強理事長

英語教學與學習，一直以來都是教育界關注的焦點。許多家長都指望自己的孩子能夠贏在起跑點上，勇奪冠軍。因此拼命地找名師、找補習班，各類的英語教學比比皆是，總是強化提前英語學習或全英語環境，但往往把孩子丟進去後，卻總是發現，幾年後孩子的英語能力似乎仍未提升，甚至重蹈覆轍自己當年的學習錯誤。

在國內英語教學領域屹立近20年之久的王冠程老師，堅守著教育理想與重建國內英語教育的熱忱，不僅在推動英語教學上不遺餘力，更是將自身其個人之理想性與過人的實踐力，推廣至全台各地。多年來，王冠程老師帶領著他的教學團隊，不斷地實現他的英語教育之理想，一步一步地落實。而一路走來，為台灣國內英語教育之提升所付出的努力，歷歷在目。

此次，《英文就醫學》的出版，除了能幫助眾多莘莘學子提升英語能力之外，對於重新想要重整自身英語能力之所有台灣人，也開啟了另一扇門。同身為補教同業且關心著國內學子之求學環境的我，有幸先行閱覽，並為書寫序，感謝王冠程老師長年為台灣英語教育的努力付出與執著。這是一本相當值得，所有想要改變舊有錯誤英語學習的台灣人來仔細閱讀，即可輕鬆地增強自己英語的內外功力。期盼所有的讀者能從中獲得學習與解惑的樂趣！

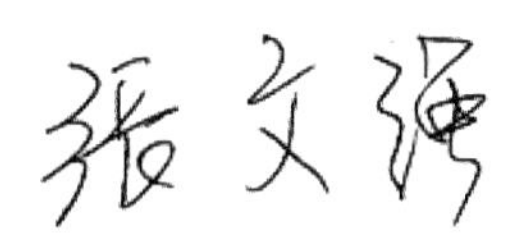

南台科技大學 應用外語系主任 沈添鉦 教授

英語學不好嗎？讓王冠程老師來幫助你！

以雲端英文電子白板數位教材顛覆傳統英文教學的王冠程老師又要來幫助你了。《英文就醫學》是英文補教達人王冠程老師的最新力作。在這本書中，王老師把他多年來英文教學的觀察與心得，用輕鬆、活潑、易懂的語言，告訴你英文應該怎麼學才能學得活、學得通、學得好。

你知道 a man in stockings 和 a man with stockings 的差異在哪裡嗎？你知道 food 和 foods 的意思有什麼不同嗎？你經常被英文時態的考題考倒嗎？你常看到長的英文句子就頭痛嗎？《英文就醫學》裡有你需要的解答。

能學好英文不算什麼，英文能考高分也不算什麼；能把複雜的文法融會貫通後，用淺顯的語言、生動的故事說明白，能從看似毫無根據的文法規則或用例中，找出其中的道理，讓你能豁然開朗，舉一反三，這才厲害。這就是王冠程老師。

看這本書就像一邊喝可樂，一邊吃比薩一樣，輕鬆又有飽足感！真的是難得一見的一本好書！

沈添鉦

前言

『請問，你什麼時候會很篤定自己是個正港ㄟ台灣人？』。答案就是『每當考完英文之後！』，這個網路冷笑話讓我完全笑不出來，王冠程老師教英文這麼多年來，發現許多高中生甚至大學生的文法觀念慘不忍睹，每年的大學指考英文作文成績掛零的多達上萬人，深入其中後發現原來許多學生早就在國中階段時就放棄了英文，因為完全聽不懂英文的文法及句型結構。

早期的文法書比較強調句型的規則與應用，盛行於所謂的四、五、六年級世代的人之間。而這些世代的人更是奉行學英文一定要用『背多分』的方式，而當時的老師們更是習慣用『講光抄』的方式來教導學生英文。老師一邊在黑板上拼命寫文法規則，一邊口沫橫飛地講解規則，而學生就卯起來拼命的抄老師所寫下來的文法句型，因為看也看不懂、聽也聽得二二六六，反正先抄下來，回家再看。看得懂的同學要先回去殺豬拜天公，一切感恩啊！看不懂的同學也沒差，反正先背了再說。因此造就了許多現在已經當爸爸媽媽的四、五、六年級生，在求學階段很會背考題但卻不求甚解的讀英文，因此畢業後就把英文通通還給老師。真得是符合了『有學有還，再學不難』的精神啊！

而現在我們遇到的學生多半都是早早學英文，因為家長們都不想要孩子輸在起跑點上，於是都拼了命地在幼稚園時就上所謂的雙語班，找了一堆金髮碧眼的『阿多仔』來教小朋友們英文，也不管這些外籍軍團是南非還是奈及利亞來的，反正就是外國來的和尚比較會念經，學了半天學了一堆似懂非懂的英文，結果是許多學生的確沒輸在起跑點上，因為都是槍響之前就偷跑，但是幾乎都是跑了半天沒跑到終點就放棄了！也造就了目前台灣在整體的英文教學上不但沒有領先群雄，搞到最後還是敬陪末座。試問？這就是我們每年花了大錢所教育出的英文水準嗎？

王冠程老師本人也一樣，從進入國中後才開始學英文。也是從背K.K.音標、老師用注音來教英文發音、背英文句型及背課文的方法開始。可是有一點比較不一樣的是，王冠程老師這個怪咖從唸書開始就喜歡問『為什麼！？』，問到老師看到他跟見到鬼一樣，連他媽媽都被老師用好意但是很鄭重的口吻恐嚇說要把他的腦袋剖開來看看，求證一下這個小孩是不是從火星來了！其實王冠程老師本人也蠻想回去火星啊！因為地球上的老師們都只會回答他說：『這是規則，背起來就對了！』。他跟英文老師的對話通常是像這樣：

火星人王冠程：老師，為什麼現在進行式是 Be ＋ Ving啊？

地球人老師　：咦，為什麼這麼問？這是文法規則啊！你不要問這麼多，把它背起來就對了。

火星人王冠程：喔，那Ving是什麼東西？

地球人老師　：Ving 叫做現在分詞，懂了嗎？

火星人王冠程：那為什麼Be動詞加上現在分詞就叫做現在進行式啊？

地球人老師　：ㄟ…，你很煩ㄟ。不是跟你講過這叫做文法規則，背起來就對了。哪來這麼多為什麼？搞什麼啊！你煩不煩啊！就跟你講是文法規則你還問這麼多，你是皮在癢是不是？吃飽太閒啊！？書都不唸，只會問為什麼？你以為你很行是不是？很聰明是不是？每天這麼多為什麼！亂七八糟，不學無術！自以為是！真是朽木不可雕也，糞土之牆不可污也！（哇！老師的中文還不錯喔！出口成章喔！）去！去！去！回座位去看書，你再問我就扁你！

火星人王冠程：喔，謝謝老師！

地球人老師　：亂七八糟！搞什麼東西啊！
　　　　　　　爸媽怎麼教的，#$%&*@……

火星人王冠程：（漫步回火星的途中）……沉思中……靠！
　　　　　　　（呼叫火星總部……）

因為這樣的對話王冠程老師從國一開始就幾乎每天都可以聽見，久了之後讓人不禁去想，英文真的只有規則，而沒有為什麼嗎？！於是王冠程老師開始了探究英文真理的不歸路。經過這麼多年下來，終於可以回來大聲地對地球人說：我回來了！我把英文的為什麼給找到了！各位地球的同胞們，加油！一定要在學英文的旅途中順利到達終點喔！加油！

目錄

Chapter 5 你真的會分『可數名詞』及『不可數名詞』嗎？

Chapter 1

英文是活的

Topic 01
文法不是公式，不要死記硬背

Topic 02
許多的英文知識是有典故的，不要只有背起來

Topic 03
時代在進步，語言也會進化

Topic 04
文法一定要『知其然，更要知其所以然』

Topic 05
文法學習絕對不能夠『似是而非』

文法不是公式，不要死記硬背

曾經看過一段文章對於文法的敘述是這麼說的：『文法是有規則的，但凡規則必有例外。』而在台灣教英文的老師持有這樣的看法及論調的比例，其實還蠻高的！因為我們會認知英文文法是固定的、是不能變的，如果突然有一個不一樣的敘述，就通常被解讀為『例外』！但是這個例外我們怎麼處理，通常也只能是背起來吧！而這一切都是因為我們的文法書都只有教你『規則』，卻沒有辦法讓你知道『為什麼』的緣故，那我們就一起來破除文法例外的迷信吧！因為語言的學習是一種『認知科學』，因此你一定要相信：

文法是活的，千萬不要死記硬背！

就讓老師來舉個鮮明的例子證明，文法句型一定要用理解的，絕對不能夠用死記硬背的！比如說有一天你到美國去遊學，突然間鈴聲大響！哇，有人搶銀行！當場你就目擊了有一個搶匪頭上罩了個絲襪，手上還拿著槍就從銀行裡衝了出來。嚇得你是屁滾尿流，當場都不知道該往哪邊閃，深怕一個不留意，就被不長眼的子彈打到！

一晃眼的功夫，搶匪跑了、警察到了，然後電視台的記者拿著麥克風衝向前來，劈頭就問你：「請問你有看到搶匪長什麼樣子嗎？」，被這個突如其來的發問，你只能結結巴巴地說：「有…我…我…我…看到一個戴著絲襪的搶匪搶了銀行！」注意囉！你用英文回答記者的答案，會決定你會不會讓電視機前的所有觀眾傻眼，然後下巴掉下來喔！

A man in stockings robbed the bank. **A man with stockings robbed the bank.**

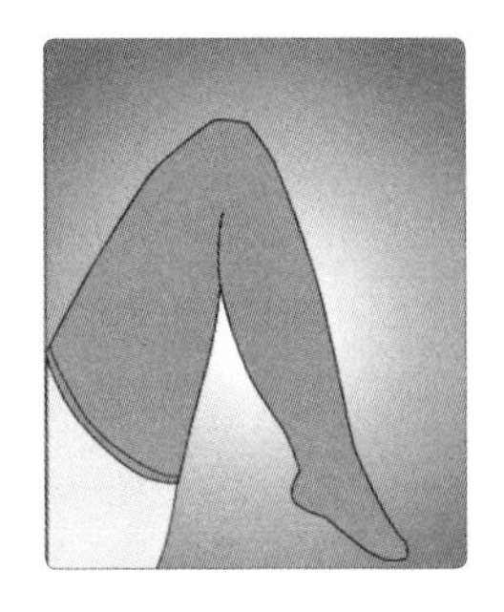

一般而言，我們會用 **in stockings** 這個介系詞片語來表達穿著絲襪，表達的是將絲襪穿在腿上；然而在這裡表達的是搶匪將絲襪套在頭上，因此我們會用 **with stockings** 這個介系詞片語來表達。

1 **in** ＋ 正式穿著的服裝

例：那個穿著絲襪的搶匪搶了銀行。

The man who was wearing stockings robbed the bank.

☞ 等同於 **man** 這個字，當主詞用，理論上不可省略。

= The man wearing stockings robbed the bank.

☞ 分詞片語：**Ving** （現在分詞）

☞ 代表主動的行為

☞ 去掉 **who** 這個關代主詞之後，**Be**動詞也應該跟著省略。

= The man in stockings robbed the bank.

☞ 介系詞片語：**in** ＋ 正式穿著的服裝，代表穿戴著。

2 **with** ＋ 配件：代表『有』/『留著』/『身上的配件』 的意思

例：那個戴著絲襪的搶匪搶了銀行。

= The man with stockings robbed the bank.

☞ 介系詞片語： **with** ＋ 配件

☞ 代表襪子並不是穿在身上，而是身上的配件。

在英文的文法中，『介系詞片語』是一個常常應用在句型裡面所謂的『後位修飾』。簡單地說就是利用每一個『介系詞』基本上所帶有涵意的不同，來作為特定位置或是情況的描述。當我們將 **in** 和 **with** 這兩個字拿來描述『穿著』的時候，就具有完全不一樣的語意。**in** 這個字代表的是『正式的服裝穿著』，舉凡帽子、襯衫、褲子、襪子及鞋子等等都是隸屬於此類。而 **with** 這個字代表的是『配件』或是代表『持有』的意思，比如說領帶、項鍊、領巾、手環、眼鏡及腰帶等等的單字。當我們敘述著『有一個戴著絲襪的搶匪搶了銀行』這句話的時候，就像我們常看的警匪片裡面一樣，搶匪都會『頭戴著絲襪』去搶銀行，這時候絲襪怎麼可能是指穿在這些搶匪的腿上？！他們是搶匪，不是一群變態！因此，這裡指的絲襪就一定指的是搶銀行時身上的『配件』囉，那想當然爾就得用 **with** 這個字了，不是嗎？

以此類推，當我們要表達有個『穿了件毛衣』的男人正站在那裡時，那你就應該使用這種寫法：

A man in a sweater is standing there.

但是，你知道早期的浪漫文藝片當中，帥氣的男主角出場時身上一定有『披著』一件毛衣。

注意囉：是『披著』，而不是『穿著』喔！

那你就應該使用這樣的寫法：

A man with a sweater is standing there.

因為這時候毛衣並不是『穿在身上』，而只是被當成是『一種配件』！因此，就要用『with』來連接配件。舉凡眼鏡、手錶、耳環、項鍊、手鍊等等的配件，都是應該使用『with』來連接的。

而在這個文法中最常被搞錯的是帽子這個詞，到底是要用『in』還是用『with』？也常常讓人是傻傻分不清楚！其實真的沒有那麼複雜，如果你想要表達的是『戴』帽子，那就必須使用的是『in』。而如果你的帽子不是戴在頭上，而只是拿在手上或是只是『帶』帽子，那就是擺明著把帽子當成一種『配件』，那就該使用『with』這種用法了。那至於為什麼『戴帽子』要拿來當成一種『正式穿著』的原因那就要講給你聽了。古語說：『衣冠楚楚』。『冠』指的就是帽子，古人為了表達禮儀，出門時不披頭散髮，那就得戴頂帽子。東方西方文化皆然，也就是說戴帽子是一種禮儀的表現，也算是一種『正式』的穿著。因此，當我們要表達『戴帽子』時，就必須得用『in』這種用法囉。比較一下這兩句的差異吧：

這個頭戴著帽子的男人是Uncle Sam。

The man in a hat is Uncle Sam.

這個拿著帽子的女人來自韓國。

The woman with a hat comes from Korea.

請在空格中填入適當的介系詞（解答P.158）

1. There are a lot of girls ______________ the sunglasses at the beach.
2. The boy ______________ the uniform is my son.
3. The kid ______________ a blue jacket is Peter.
4. The girl ______________ the beautiful earrings is my sister.
5. Do you know the guy ______________ the white pants?
6. The handsome man ______________ a T-shirt is Tom Cruise.
7. Jessica is talking to the man ______________ a backpack.
8. Linda is the girl ______________ a scarf on the neck.
9. MIB means the movie "Men ______________ Black."
10. The girl ______________ the red shoes is Lily.

許多的英文知識是有典故的，不要只有背起來

學過英文的人都知道：Sunday is the first day of the week. 也就是說：『一週的第一天是星期天』。每次講到這種觀念時，好像都被老師告知背起來就好了，不然就是聽到『星期天要去教堂拜上帝』諸如此類似是而非的答案。其實你知道嗎？全世界除了台灣和中國是用數字來羅列之外，其他的語言都不是用什麼『星期一』、『星期二』或『星期三』這樣的數字型的排列來表示星期幾。

在古代，巴比倫人將一年以『星期』來計算，就是以『日』、『月』搭配上當時已知的五個行星『金星』、『木星』、『水星』、『火星』及『土星』來計算，因此一星期有七天。後來羅馬人沿用此一計時的習慣，但曾幾何時一度改為八天為一週。直到西元**321**年，君士坦丁大帝將七天的星期計算置入羅馬曆，並開始制定星期日為一週之始。而這種排序就是以古希臘的『**Mythology**：神話』裡諸神的故事來制定。在日、月、金、木、水、火、土裡面，太陽神阿波羅即為『光輝之神』，所以一週之始為太陽，便訂定星期天為一週的第一天。而人類自古以來對日與月即抱持著崇敬的意味，因此太陽為一週之始，緊接著的就一定是『月亮』，所以一週的第二天是星期一（**Monday**），代表的就是月亮。再來是『火星』，緊接著的是『水星』，依序為『木星』以及『金星』；最後人到頭來要『歸於塵土』，所以每週的最後一天便是『土星』。瞭解了嗎？那我們就一起來看一下這些單字的變化吧：

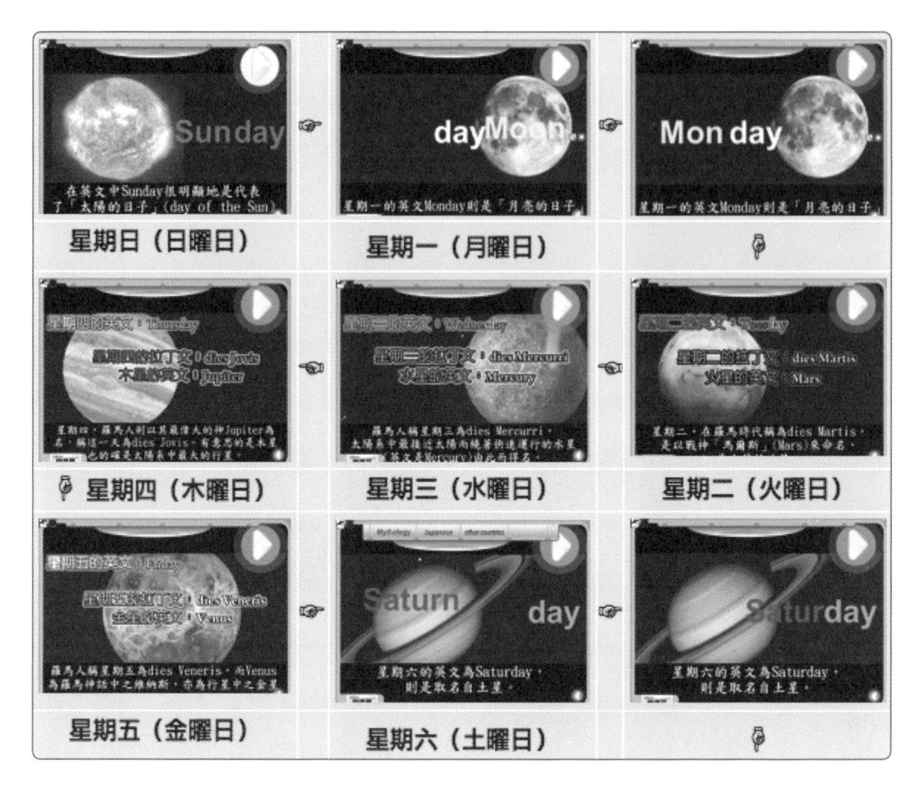

所以我們會得到這樣的排列組合：

英文	星球	中文	日文
Sunday	日	星期日	日曜日
Monday	月	星期一	月曜日
Tuesday	火	星期二	火曜日
Wednesday	水	星期三	水曜日
Thursday		星期四	木曜日
Friday	金	星期五	金曜日
Saturday	土	星期六	土曜日

看完上面這個例子，有沒有發現許多知識不是用背起來就能夠解決的！你還要有追根究柢的精神，千萬不要什麼文法知識點全部都用背的。相信我，你背越多，就只會越混亂！就舉個許多國一學生學得亂七八糟的文法『天氣的用法』為例，從這個文法例子你就會發現文法千萬不要用背的！

例：下雨。

We have rain.

= There is rain.

= It rains.

一般的文法書都只會告訴你『公式』，好像說把公式背起來就等於學會了文法。同學們，你們千萬不可以有這麼可怕的想法！你一定要知道其中的原理。就以上面這個例子來講，為什麼下雨要講成『We have rain. = 我們有雨。』你想想看，下雨對古代的人而言重不重要？這個問題好像廢話了一點！？想當然爾下雨當然重要了。古今中外幾乎都是以農立國，就拿北宋汪洙四喜詩為例：

久旱逢甘霖，他鄉遇故知。

洞房花燭夜，金榜題名時。

這人生四大樂事當中最令人開心的不就是『久旱逢甘霖』嗎？！換句話說，農夫是看天吃飯的行業，如果老天爺不下雨，那不就慘了嗎？所以說如果天降甘霖，那就是老天爺給飯吃，那肯定是令人開心啊！因此，同學你們想想看，如果你是個農夫，三個月不下雨了，你正愁著不知道該怎麼辦時，突然間天空下起雨來，那你肯定是會衝出去，然後大叫著『我們有雨了！』來表達心中的激動，不是嗎？所以囉，下雨就該寫成『We have rain.』！

緊接著要去想，英文是一種結構性的語言，文法規範是一定要公平的。既然可以用『有雨』來表達『下雨』，那你一定也知道英文句子中要表達『有』的語意時，會有兩種方式：一種是『have』代表『擁有』，另一種是『There be』代表『在～地方有～』。而雨這個字當名詞時是個『不可數名詞』，因此要表達下雨，就可以寫成『There is rain.』囉。

至於最後一個用法就很經典了！你去查所有的文法書，都會告訴你一個很好玩的結論，就是『It rains.』這個句型裡面的『It』代表的是天氣。文法書還會補充說因為天氣『The weather』等於『It』。因此，下雨就該寫成『It rains.』。講到這我就又好氣又好笑，因為我實在不知道這種解釋是怎麼來的？！我們試想一個很簡單的原理，就是什麼叫『等於』？等於就是說可以換過來，也可以換回去的才叫做等於，不是嗎？那文法書在講完這個文法後一定會立刻補充說明：在這裡『It』不可以換回『The weather』。既然不可以換回去，那為什麼可以換過來？！所以，有了懷疑後就一定要去探究典故啊！你想想看，在『It rains.』這個句子裡『rain』是個動詞，如果照文法書上面說的『The weather』等於『It』的話，那難道可以寫成『The weather rains.』嗎？用膝蓋想就知道當然不行啊！所以，你要想一想在這個句型裡面的『It』真的是代表『The weather』嗎？

其實這個道理很簡單的。試想，如果下雨是一個『動作』，那誰可以去做這個動作？人類自古以來都會敬畏天，下雨這個動作想當然爾只有老天爺能夠做啊？！因此，我們會用『祂』來代表老天爺，於是就造就了這個句子：『It rains.』！

以此類推，只要你懂得天氣表達的真正典故，那就簡單多了。舉例而言，當你要表達『下雪』，只要依樣畫葫蘆即可：

例：下雪。

We have snow.

= There is snow.

= It snows.

簡單吧！而且你要再延伸用法也是一樣輕鬆喔：

例：下大雨。

We have a lot of rain.

= There is a lot of rain.

= It rains a lot.

要表達下大雨，意思就是『有很多雨』嘛！所以，只要在『rain』這個名詞前面加上『 a lot of 』這個形容詞就可以清楚地表達下大雨。而在『rain』這個動詞的後面加上『 a lot 』這個副詞也就可以修飾了。

☞『雷陣雨』為可數名詞。不過，要記得的是一般的天氣表達法基本上都只有兩種，只有『rain：雨』和『snow：雪』才能拿來當作『動詞』用，其餘的都只有『名詞』的用法。除外，還要注意有很多天氣用法是『複數』喔！

例：下陣雨。

We have showers.

= There are showers.

☞『陣雨』為可數名詞。

例：有雷陣雨。

We have thundershowers.

= There are thundershowers.

☞『雷陣雨』為可數名詞。

例：颳颱風。

We have a typhoon.

= There is a typhoon.

☞『颱風』為可數名詞。

看到這裡就不禁要套一句名偵探柯南的話：『真相只有一個』！許多的英文知識不能夠不明事理地硬背一通，一定要瞭解它背後真正的含意！

請寫出正確的翻譯（解答P.158~159）

1. 下大雪。

☞ ______

☞ ______

☞ ______

2. 台北下大雨。

☞ ______

☞ ______

☞ ______

3. 昨天北京（Beijing）下大雪。

☞ ______

☞ ______

☞ ______

4. 明天將要有颱風。

☞ ______

☞ ______

5. 剛才（just now）下了一場陣雨。

☞ ______

☞ ______

Topic 03 時代在進步，語言也會進化

還記得金門王＆李炳輝有一首膾炙人口的歌，歌名叫做『來去夏威夷』。沒記錯的話好像是這麼唱的：『來去～來去～咱來去 go to Hawaii～』，就英文的文法來看，應該是一句大錯特錯的句型吧！因為你到底是要來？還是要去？真是讓人丈二金剛摸不著頭緒啊！其實英文裡面的確也是有這樣的一種文法問題，就拿這個句子的英文來看吧，咱來去 go to Hawaii 是一句未來式，中文的意思就是『我們要去夏威夷』，英文翻譯如下：

☞ We **will** go to Hawaii.

而我們都知道未來式的助動詞『will』可以換成『be going to』，因此這一句也可以寫成：

☞ We **are going to** go to Hawaii.

這一句如果你用力看且出力唸，你會發現你一個句子講了兩次『go』，是怎樣？口吃嗎？還是跳針了？應該都不是，在很多的文法書裡面都只告訴你，『來去動詞』的『現在進行式』=『未來式』，所以這一句話應該寫成：

☞ We **are going to** Hawaii.

又如果你看到這樣的例句後，就很尷尬了：

例：我們要來夏威夷。

☞ We **will** come to Hawaii.
= We **are going to** come to Hawaii.

你到底是要『來』還是要『去』？真的是傻傻分不清楚，所以文法書裡面就會告訴你答案為：

☞ We are coming to Hawaii.

這裡我們用『現在進行式』來表達出『未來式』，用進行式來闡述出『即將』的意味。而除了『come』還有『go』這些字屬於『來去動詞』外，還有『leave：離開』、『return：返回』及『arrive：抵達』等等的動詞。看一下例子吧：

例：我要走了。

I am leaving.

☞ 表示『準備要離開了』。

例：她正準備要回學校了。

She is returning to school.

☞ 表示『準備要回學校了』。

例：飛機即將抵達台灣。

The plane is arriving in Taiwan.

☞表示『準備抵達了』。

看到這裡你就要清楚瞭解一件事，就是文法書通常只是一種『歸納』，它只是幫助你做邏輯性的整理與快速的歸納。更重要的是你一定要真的懂，而不是裝懂！文法是會進化的，是會隨著邏輯和實際運用相互結合後做出調整的！

習題

請寫出正確的翻譯（解答P.159）

1. 聖誕節（Christmas）就要來了。

☞ ______________________________

2. 湯姆要去台北。

☞ ______________________________

3. 我們即將抵達日本。

☞ ______________________________

4. 他們即將前往紐約。

☞ ______________________________

5. 她明天就要回到她的故鄉了。

☞ ______________________________

文法一定要『知其然，更要知其所以然』

國一文法中最重要的『現在進行式』，幾乎每一個老師都會在黑板上寫著：

所有老師在講解這個文法時，應該都會強調要使用『Be + Ving』，而為什麼要『Be + Ving』的原因，我看你也甭問了，因為問了也是白問。你所聽到的答案99%會是：『這是文法公式，背起來就對了』。其實你知道嗎？英文的詞性是可以『變性』的！有沒有嚇一跳？！那我們現在就來解開這個謎題：

其實當一個動詞加上 ing，我們就稱這個動詞為『現在分詞』。那什麼叫做『現在分詞』？說穿了就是『動詞』分給『形容詞』用的詞性！那講到這裡，就一定要先來定義一下到底什麼是『形容詞』。其實形容詞所要表達的就是要描述一個『狀態』，比如說你形容一個人很胖：

☞ 你說：He is fat. 那你就是在描述你看到這個人呈現出胖的『狀態』。

又或者你形容一個人很帥：

☞ 你說：The man is handsome. 就是描述那個人呈現出帥氣的『狀態』。

因此，依照一樣的原理來講，當你要表達一個『現在進行式』的時候，其實就是在表達一個你所見到的一個『狀態』！因此，你會將動詞加上ing，用來表達你看到的狀態：

☞ 你說：Tom is running.

就是在描述你看到湯姆呈現出跑步的『狀態』。

同理可證，你就可以直接將動詞加上ing，來當成『形容詞』使用：

☞ a sleeping baby（一個沈睡中的小嬰兒）

除此之外，當我們提到『被動式：Be ＋ p.p.』時也是一樣的情況，你也是在描述一個你所看到的『狀態』，比如說當你看到桌子上一顆被咬了一口的蘋果：

☞ 你說：The apple is eaten.就是在描述你看到了一顆蘋果被咬的『狀態』。

又或者當你失戀時，你覺得傷心欲絕，你的心已經破碎：

☞ 你說：My heart is broken. 就是在說你自己心碎的『狀態』。

同理可證，你就可以直接將動詞變成『過去分詞』，來當成『形容詞』使用：

☞ a well-educated man（一個受過良好教育的人）

這就是英文有趣的地方！因為英文是一種『積木語言』，這種積木語言所帶有的特性就是如同積木一般，可以拿來組合也可以拆開來玩！不僅拼音如此、文法特性如此，就連單字都可以拿來重組或是增減！只要你懂得拆解或是增減的原則，你的英文能力就會像是吃了神丹一樣，一夕增長一甲子的功力！現在就來給你幾個例子，看完下列說明你一定會對英文文法觀念大大地改觀：

動詞變形容詞：

interest（動詞）引起～的興趣

☞ ＋ing = interesting（現在分詞＝形容詞）有趣的

☞ ＋ed = interested（過去分詞＝形容詞）感興趣的

例：Playing on-line games interests the teenagers.
（打線上遊戲引起青少年的興趣。）

＝ **Playing on-line games is interesting to the teenagers.**
（打線上遊戲對於青少年而言是有趣的。）

＝ **The teenagers are interested in playing on-line games.**
（青少年對於打線上遊戲感到興趣。）

上面的這三個例句在英文文法裡面被歸類為所謂的『情緒動詞』，你會發現『interest』這個情緒動詞可以變化成『分詞』之後，轉變為『形容詞』來使用。基本上你只要懂得這些詞性的轉換後，就能做出許多的句型變化。但是幾乎100%的英文老師在教這個文法時，都會先在黑板上寫下這些句型結構：

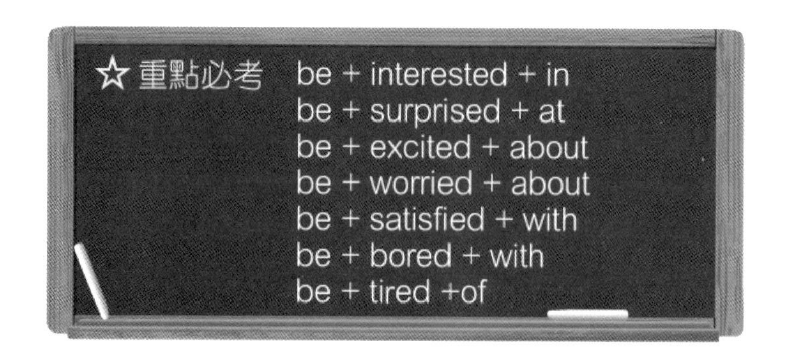

許多學生只被告知要將黑板上的這些句型背起來，然後也從來都不去解釋為什麼一個動詞再加上ing及ed後，竟然會變成形容詞！因此造成了許多就連已經當上英文老師的人可能到最後都還不知道為什麼？！那只好一直一代傳一代地背下去了。

現在就來告訴你一個這麼多年來文法書從來不會告訴你的一個祕密，那就是你很熟悉的『現在進行式』、『情緒動詞』及『被動式』其實是同一個文法觀念，不相信嗎？！那我們來比對一下就可以知道囉！

『現在進行式』	☞ Be＋Ving
『情緒動詞』	☞ Be＋Ving
	Be ＋ p.p.
『被動式』	☞ Be ＋ p.p.

有沒有發現其實文法真的是活的，不能硬生生地只用死記硬背的，你一定要瞭解到文法變化背後真正的原理，才能夠輕輕鬆鬆地學好每一個文法＆句型。 因此，要切記學文法一定要：知其然，更要知其所以然！

請寫出正確的翻譯（解答P.160）

1-1. 這個消息驚嚇到了每個人。

☞ ____________________

1-2. 每個人都對這個消息感到訝異。

☞ ____________________

1-3. 這個消息對每個人而言是令人驚訝的。

☞ ____________________

2-1. 這次的颱風令我們擔憂。

☞ ____________________

2-2. 我們對於這次的颱風感到擔憂。

☞ ____________________

2-3. 這次的颱風對我們而言是令人擔憂的。

☞ ____________________

3-1. 這堂課讓學生們無聊。

☞ ____________________

3-2. 學生們對於這堂課感到無聊。

☞ ____________________

3-3. 這堂課對學生們而言是無聊的。

☞ ____________________

Topic 05 文法學習絕對不能夠『似是而非』

Both you and I are not tall.

想一下，上述這個句子的正確翻譯是下列哪一句？

☞ 你和我長得都不高。

☞ 你和我並非都很高。

想清楚了嗎？想錯的話可是差了十萬八千里唷！那我現在就來公佈正確答案：答案是『你和我並非都很高』。意思就是說你和我之間只有一個人比較高而已，至於是哪一位比較高就不得而知了！除此之外，這句話除了可以寫成 Both you and I are not tall. 之外，還可以寫成 Not both you and I are tall. 喔！這個句子的句型結構我們稱之為『部分否定』，換句話說並不是『全面否定』。下面就幫你做一個整理：你和我並非都很高。

☞ Both you and I are not tall.

☞ Not both you and I are tall.

☞ Either you or I am tall.（不是你，就是我很高）

上面的這個 either 是不是覺得還蠻眼熟的，如果你是國一以上的學生可能會蹦出一句：這不是『也不』嗎？怎麼會有『不是～就是～』的意思？其實，either這個字本身就是一種基本功的修煉，當我們在記一個單字的時候，千萬不可以只看它的單一中文解釋，因為很容易造成你在使用單字上的瑕疵！那我們就來練一下功囉：

either ☞ 一個不

neither ☞ 兩個不

none☞ 三個（以上）不

舉個例而言，在飛機上雖然我也曾經幻想過，那些有著天使臉孔加上魔鬼身材的空服員會問我：『Sir, excuse me. Coffee, tea or me?』不過，大概是因為我有著天使的身材以及魔鬼的臉孔，所以搭飛機時我永遠只會聽到耳邊傳來：『Coffee or tea?』而你也知道的，我是一個非常隨和的人，所以我都會回答：『隨便！』可是如果這個班機是飛往紐約，空服員是個老美的時候，那就得說英文囉！

那這時候我就會說：『Either will do.』這裡的 either 代表的就是『一個不』，從咖啡和茶中間選擇『一個不要』，那換算回來中文的意思就是『隨便』囉！

而如果你想表達的是『全面否定』的話，那你就非得好好用力地看下去了。當你要表達『你和我長得都不高』這樣一個句子時，首先你要確認的是這句是個『全面否定』。因此，你就必須要借重『neither』這個單字了。

你和我長得都不高。

☞ Neither you nor I am tall.

從上面這個例子來看就可以知道一件事，學英文就要像練武功一樣，基本功真的很重要！這樣一個簡單的句子就不知道要殺死多少學生的信心和恆心了！因此，不要怕練功！馬步紮得穩就能順利地寫出完整且華麗的英文句子了！

習題

請寫出正確的翻譯（解答P.161）

1. 並非湯姆和彼得都很帥氣。

☞ ______________________________

☞ ______________________________

☞ ______________________________

2. 湯姆和彼得都很帥氣。

☞ ______________________________

3. 湯姆和彼得兩人都不帥氣。

☞ ______________________________

4. 並不是愛咪和琳達兩個人都喜歡打籃球。

☞ ______________________________

☞ ______________________________

☞ ______________________________

5. 愛咪和琳達兩個人都喜歡打籃球。

☞ ______________________________

6. 愛咪和琳達兩個人都不喜歡打籃球。

☞ ______________________________

2

那些年，
我們一起學的英文！

Topic 01
你還在GTM嗎？

Topic 02
學英文要有的四大技能之一：『聽』懂了

Topic 03
學英文要有的四大技能之二：『說』出問題了

Topic 04
學英文要有的四大技能之三：『讀』起來沒問題了

Topic 05
學英文要有的四大技能之四：『寫』得出句子了

Topic 01 你還在GTM嗎？

那些年，老師在黑板上面無表情地寫著：

學生在講台下面用力且無奈地抄著，這樣的英文課上課場景是不是還蠻熟悉的！我們從小到大就學英文這件事而言，就好像在聽貝多芬的命運交響曲一樣：等等等等、等等等等……！上英文課永遠都是等老師寫完，換學生抄。等學生抄完，老師再把文法句型從頭唸一遍，唸完一遍後就告訴你這個句型很重要，要背起來而且明天要考！那你就會看到永遠就只有那幾個同學可以考完笑嘻嘻，其他絕大部分的同學都是被修理得亮晶晶！這時候老師又會在台上補你兩槍說：『啊～這一題不是講過八百遍了！為什麼還會錯？耳朵是長包皮是不是啊？還是你們腦袋都是豬腦袋？這麼簡單的題目還會錯？回去叫你們要把句型背熟都聽不懂是不是？還是連看都沒看？』

此時，你的心中一定是滿腹委屈，心裡暗罵：『啊～是怎樣啦？！又不是沒看書，看了八百遍還是看不懂啊！句型我也有背啊，可是又不是考背句型，題目我就是看不懂啊！ #$%&*@……』時間一久，不放棄英文才怪！講到這裡就非得跳出來告訴你為什麼了。在台灣，學者專家將英文學習分成十種方法，而講到文法教學時，最常用的方法就是：GTM（Grammar-Translation Method）我們稱之為文法翻譯教學法，又稱「普魯士教學法」（Prussian Method）或「古典教學法」（Classical Method），盛行於1840-1940年間。這種方法是源自於德國學者為欣賞拉丁文及希臘文之文學作品所衍生出強調閱讀的語言教學法。而在台灣採用這種方法的老師是使用中文來進行英文教學，他們會逐字逐句地將生字、片語依序翻譯出來，再要求學生強記單字、片語以及文法的規則，於是乎用這種教法的老師在從事英文教學時所承受的壓力會最小。因此，也就造成在台灣使用這種方法的老師不計其數，更是一代傳一代地絕對不改！也就導致全台灣有超過一半的家長都認為英文是用『背』出來的，至於懂不懂好像都無所謂了！其實，不要說學生不懂，有許多老師對於文法也根本是一知半解，好像只要『背起來』就等同於『會了』！而這裡面有一本是我從念國中以來就視為聖經的文法書－《新英文法》，這本書是由國內的文法大師－柯旗化老師嘔心瀝血之作，也就是GTM教學法的代表作。相信在台灣有看過這本書的，尤其是對那些四、五、六年級生的爸爸媽媽們，應該是超過半數以上。而現今在教學現場執行教學工作的英文老師們還是有一堆人持續堅持著信奉這種GTM的教學模式。但是，根據統計有一半以上的學生在國中老早就放棄英文了，因為對那些已經放棄英文的學生而言，英文文法就像霹靂布袋戲講的一樣：『滿天全金條，要拿沒半條！』

所以，要拯救你的菜英文，就千萬不要再用GTM模式了！你一定要懂得每一個單字、句型甚至是文法結構中的原理，那要怎麼辦呢？就讓我來告訴你：學語言不外乎四個面向：『聽、說、讀、寫』。雖然泛指的是『聽力、口說、閱讀、寫作』的四個能力，但是在英文的學習裡其實也可以解讀為『聽懂了、說出問題了、讀起來沒問題了、寫得出句子了』！

學英文要有的四大技能之一：『聽』懂了

當你在聽一個英文的句型、結構或單字的重點時，千萬要注意不要只是把老師講的內容都背起來就表示你懂了，這裡指的『聽懂了』是指你真得懂得每一個內容的涵意。就來舉一個有超過90%的台灣學生永遠搞不懂的一個回答句為例，保證你聽完會有豁然開朗的感覺：

請先回答這個問題：請問以下這兩個問句，回答時有沒有一樣？

1. Are you a student?（你是學生嗎？）
2. Aren't you a student?（你不是學生嗎？）

如果你的答案是『不一樣』！那只好跟你說聲不好意思，就請你先到牆壁角落去罰站個三分鐘再回來吧！因為，對英文來說這兩句話是『一模一樣的』！也就是說，如果你真的是一個學生，不管對方問你『Are you a student? 』或是問你『Aren't you a student?』你的答案一定都是『Yes, I am a student.』這其中的原理超級簡單，我們就先來『說文解字』一番就可以知道答案了。

首先，這種句型叫做『 Yes / No問句』，顧名思義 Yes 就是『是』， No 就是『不是』，那合起來不就叫做『是不是問句』嗎？！也就是說，人家擺明著告訴你，這種句子就是要問你『到底是不是？』那你就不能睜眼說瞎話啊！不管人家問你 『Are you a student?（你是學生嗎？）』或者是問你『Aren't you a student?（你不是學生嗎？）』都只是想問你：『你到底是不是學生？』那你的答案就不能夠前後矛盾，也不能唬爛啊！你既然是學生，那你一定要回答『Yes, I am a student.』不是嗎？！

所以，當你下次遇到所謂的『 Yes / No問句』時，要記得不管題目怎麼問，也不理它是『正著問』還是『反著問』，你就是記得把這種句型加上『到底是不是』這幾個字，然後回答Yes或是No時，只要記得按照事實回答就可以了！也就是說只要問的跟回答是一樣的，那就回答Yes。相反地，只要問的跟回答不一樣時，那就回答No。保證你絕對不會出槌，也不會口是心非囉！原來，真懂和裝懂就是有天壤之別！那麼，我們是不是給他來練習一下囉：

習題

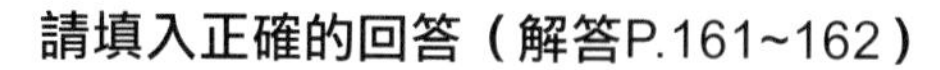

請填入正確的回答（解答P.161~162）

1. A : Aren't you a teacher?
（A : 你不是老師嗎？）

B : ________, I am a teacher.
（B : 不，我是老師。）

2. A : Isn't Tom a doctor?
（A : 湯姆不是醫生嗎？）

B : ________, he is a nurse.
（B : 是的，他是個護士。）

3. A : Aren't Mr. and Mrs. Lin tall?
（A : 林氏夫婦不高嗎？）

B : ________, they are very tall.
（B : 不，他們很高。）

4. A : Isn't Mr. Brown in Taipei?
（A : 伯朗先生人不是在台北嗎？）

B : ________, he is in Japan now.
（B : 是啊，他人在日本啊。）

5. A : Isn't Jessica very beautiful?
（A : 潔西卡不是很漂亮嗎？）

B : ________, she is very beautiful.
（B : 不，她還蠻漂亮的。）

學英文要有的四大技能之二：『說』出問題了

英文是一種結構式語言，因此常常會有許多相類似的架構或是長得真的很像的單字與片語。但是，不管你的老師上課的時候講得詳不詳細，也不論是不是有幫你做系統性的整理，當你遇到有不懂的地方時，你有沒有勇敢地舉起你的手，把你的問題和不瞭解的地方用力地提出來，讓自己能夠達到真正的解惑啊？基本上，我相信絕大部分的台灣學生都是很乖的，也是很合群的，你絕對不會自以為是地舉起你的手來自取其辱！俗話說：『No news is good news.』沒消息就是好消息！因為你害怕問了之後，有可能會遭到同學的白眼，你也害怕老師會說：『拜託，這是什麼問題啊？你是國小沒畢業是不是啊？連這種白癡問題也在問？！』所以你決定『放下屠刀，立地成佛！』你深怕你問的這個問題有可能是一把屠刀，反正不是殺了你自己，就是讓老師重傷！所以不如不發問了！但是看完這本書，你一定要聽進去西方哲學家亞里斯多德的一句名言：「吾愛吾師，但吾更愛真理！」這句話就是要告訴你，知識的真諦就是不斷地追求真理，那要如何追求真理？問，就對了！

那麼，我們就來看看一個『問』的例子吧：

老師在黑板上面寫了兩個英文單字，然後告訴你這兩個單字長得很像，要注意不要搞錯了，並且要你把這兩個字背熟因為這次考試會考：

如果黑板上的這兩個易混淆的單字，你只是覺得把它們背起來就好了，那我跟你保證你背了之後還是會分不清楚！你背再多次都沒用，因為你沒有去瞭解這兩個字形成的背後真意，你不去問那你永遠分不清楚！所以，這時候你應該勇敢地高高舉起你那堅定的手，然後很有禮貌地問：『為什麼這兩個字長那麼像？那我們要怎麼做區分？』我相信，你們老師一定會樂意並且清楚在黑板上面補充道：

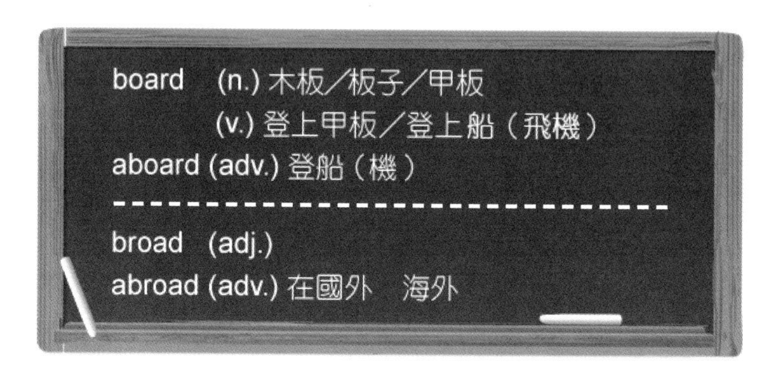

從老師清楚的解說中，你就會發現 board 這個字代表的是『板子』，這裡又引申為『船上的甲板』，那因此aboard 就代表『登船』或是指『在船上』的意思。那因為現在的人出外旅行好像也不太搭船了，搭飛機的反而比較多。因此又能引申為『登機』或是『在飛機上』的意思。

而 broad 這個字的意思為『寬闊的』，意味著古人說得『讀萬卷書，行萬里路！』如果一個人要能有更開闊的視野，那麼就要出國去拓展視野。因此， abroad 這個字就有『出國』或『在海外』的意思了！

因此，只要經過你的勇敢發問，你就能理解到這兩個字的字源關係，那麼再怎麼易混淆的英文，就能輕易地記起來了！

學英文要有的四大技能之三：『讀』起來沒問題了

閱讀能力往往是一個人能否理解語言最重要的一環！因此，你一定要真的讀得通每一個句子甚至是文章段落的真正涵意，否則你就會常常覺得怎麼英文跟你都不太熟！你是不是覺得『我都有讀啊！』可是就是看不懂，也猜不透啊！而你會覺得『有看沒有懂』的主要原因多半是因為你的『單字量』出不來！不管你做了多少閱讀測驗的題目，如果沒有因為大量閱讀而武功增強，那你就要想一想是不是你的單字量不足，亦或是你用的『閱讀方法』可能有一點瑕疵。因此，要有良好的閱讀能力首要有充足的字彙能力，再來就是你的『閱讀技巧』要增強。那麼我們就舉幾個閱讀技巧來說說吧：

第一式：『左右平衡式』

(B) Peter ______ a trip to Yangmingshan ***and*** **had** a good time.

(A) takes (B) **took** (C) is taking (D) will take

【94基測-模-1】

閱讀技巧

☞ 此題的技巧在於 ***and*** 這個『對等連接詞』，代表的是前後的時態要平衡。因此，前方的答案也要選擇『過去簡單式』！所以答案是 B。

第二式：『暗藏玄機式』

Mr. Lee: Wow! You look great in ___25.___ glasses! Its glasses are very famous. How much is this pair?

Mr. Kao: Only 500 dollars.

Mr. Lee: Really? Where did you get the glasses?

(D) 25. (A) Glass House (B) O.L.S (C) Rian's (D) **NUMA**

【100 - 全國聯測 - 25】

閱讀技巧

☞ 由下句高先生回應一副眼鏡五百元，再對照廣告傳單可知，李先生購買眼鏡的商店應是 NUMA，故選（D）。

B.B DEPARTMENT STORE

Special Prices This Week

Glass House

glass plate / dish / bowl

any three pieces for $ 1,500

O.L.S. Glasses

two pairs for $ 500

Rian's

☞ glasses 1 for $ 900

☞ blue jeans

1 for $ 800

3 for $ 1,800

NUMA

☞ sports shoes

- one pair for $ 700

- two pairs for $ 1,200

☞ glasses $ 500 / pair

☞ tennis shorts $ 300 / pair

 第三式：『逐條刪去式』

Below is an ad of Carefree Helpline.

Mom hates. Dad forgets. Brothers and sisters never care.

Friends lie. People laugh. Even your dog turns away.

You feel lost. Nobody helps.

You talk. Nobody listens.

On Helpline: You talk. We listen.

We listen to all you would like to share.

It costs nothing to ask for help.

Call 080-911911 anytime, from Monday to Sunday.

Carefree Helpline cares for you, day and night.

To talk face to face, please call 080-122133.

ad 廣告

(C) 27. Which is NOT said about Carefree Helpline?

(A) They listen to people in trouble.

(B) People can talk face to face with them.

(C) They collect money for people in need.

(D) People can call them anytime, any day.

閱讀技巧

☞ 選項（C）中的 collect money 指「募款」，但文中並未提及 Carefree Helpline 為需要的人「募款」，因此不可選。並且從文章中可以得知，Carefree Helpline 藉由電話諮詢，聆聽人們的問題與煩惱，故選項（A）敘述是正確的。而由文章的最後一句話可以得知，撥指定電話可與人面對面交談，故選項（B）敘述是正確的；最後由文章中的第二段之最後兩句可以得知，星期一至星期天隨時都可以撥打電話到這個機構，因此選項（D）也是正確的敘述。

請寫出正確的答案（解答P.162~166）

（1）Pearl, Joyce, and Steven are students in summer school. Mr. Green, Miss Chen, and Miss White are their teachers. Look at the poster of their summer school and answer the questions.

【90基測-2-43~45】

Time	Things to do	Place
7:30	Morning call	
8:20 ~ 8:50	Breakfast	Room 522
9:00 ~ 10:50	Bird watching	Ruby Park
11:00 ~ 12:30	Free time Sports : basketball / soccer baseball / softball Music : singing and dancing	The gym （The 1st floor） （The 2nd floor）
12:30 ~ 13:00	Lunch	Room 522
13:30 ~ 15:30	Computer class	Room 101
15:40 ~ 16:40	Swimming	The beach
17:00 ~ 18:00	Dinner	Room 522
18:30 ~ 20:30	TV Time : We Have Only One Earth	The theater
21:00 ~ 21:30	Bath	The bathroom
22:00	Bedtime	

1 Mr. Green : Hi, Pearl. It's time to go to the gym. What do you want to do during the free time?

Pearl : Well, I'm not going to play any ball games. My finger got hurt last time I played softball.

(　　) According to the poster, what can Pearl do in the free time?

(A) Go dancing. (B) Play softball.

(C) Go swimming. (D) Play computer games.

2 Miss Chen : Do you want to tell your friends what's happening in summer school?

Joyce : Now? But there's no telephone here.

Miss Chen : You can send them e-mails. Here, I'll show you.

(　　) According to the poster, where are Miss Chen and Joyce?

(A) At the beach. (B) In the gym.

(C) In Room 101. (D) In the theater.

3 Miss White : Look at the beautiful sea, Steven, come here! Give me your hand.

Steven : No, I'm afraid of water.

Miss White : Don't worry. I'll be with you all the time. The beach is safe and clean. You'll feel comfortable in the cool water.

(　　) According to the poster, when does this dialogue happen?

(A) During the free time. (B) During the bath time.

(C) In the swimming class. (D) In the bird watching class.

（2）Here are the timetable and the price list of Shilla Theater. Look at them and answer the questions.

【90基測-2-30~31】

MOVIE	TIME
The Dead End	11:50 13:50 15:50 17:50
Tina	10:00 12:10 14:30 16:50
Summer Time	11:20 13:20 15:20 17:20
Life Is wonderful	10:00 12:10 14:30 16:40
The Singing Bird	10:30 12:30 14:30 16:30

	Grownups	Children under 12
Mon. ~ Fri.	NT$200	NT$100
Weekend & Holiday	NT$250	NT$150

timetable 時刻表 price list 價格表

(　　) 1. School is over at 5:00 in the afternoon from Monday to Friday.

Which of the following movies can students go to after school?

(A) The Dead End. (B) Tina.

(C) Life Is Wonderful. (D) The Singing Bird.

(　　) 2. John is ten years old. If John's parents take him with them to a movie on Saturday, how much do they have to pay?

(A) NT$ 350. (B) NT$ 400. (C) NT$ 500. (D) NT$ 650.

(3) Read the train timetable and answer the questions.

【90模-1-31~32】

Number / To	No. 588	No. 1102	No. 2101	No. 2503
Keelung		05:15		
Taipei	05:15	06:03	07:10	08:00
Hsinchu	06:32	07:41	08:30	09:15
Taichung	07:52	09:08	10:08	10:20
Chia-I	09:23	10:51	11:49	12:00
Tainan	10:12	11:46	12:38	
Kaohsiung	10:50		13:19	

( ) 1. Kelly is waiting in Taipei for the train to visit her grandmother in Tainan.

She just missed the 6:03 train. What time will she be in Tainan?

(A) At 07:10. (B) At 10:12. (C) At 11:46. (D) At 12:38.

( ) 2. Shuchen lives in Taipei but her office is in Hsinchu. She has to start working at 9:00 in the morning, but she cannot get up before 6:30.

What train should she take so she won't be late for work?

(A) Train No. 588. (B) Train No. 1102.

(C) Train No. 2101. (D) Train No. 2503.

學英文要有的四大技能之四：『寫』得出句子了

批改學生的英文作文基本上可以看出一個老師的修養和幽默感的程度，因為學生寫的英文句子有可能會讓修養不好的老師破口大罵，也有可能會讓老師笑到肚子痛！馬上給你一些你會想笑的例子，而且這些例子真的是血淋淋的真實案例喔：

例：My parents never type me, ☞？

（如果你猜得出這個學生想要表達的意思，那就真的是太太太神奇了！）

當年，當我第一眼看到這個資優生（如果沒記錯的話，這個學生後來好像考上台大的醫學院）的英文作文時，我真是覺得太驚艷了！因為這篇作文的主題是『愛的教育』，所以當我看到這一句『My parents never type me, ～』（我的父母親從來都不將我定型）時，哇！我真的覺得寫得太好了！但是，後面那一句就讓我有點看不太懂：and they always talk with me sincerely instead of punishing me!（他們總是用親切的懇談來取代處罰！）。尷尬了，『定型』怎麼會和『處罰』連結的起來呢？我想了半天，總共殺死了大約百萬個腦細胞，再加上白了幾根頭髮後，還是想不出答案，於是我決定把這個學生叫來，準備跟他好好的討教一番！

他來了，一如往常讓你能從約十公尺遠的地方就能聞到他的資優氣息，好一個雄中人啊！於是我這個菜鳥老師就帶著一點顫抖又有一點不安的語氣問了：『同學，你這個句子老師有一點看不太懂！你可以跟老師講一下你想要表達的意思嗎？』果然，準台大醫科生就是不一樣，他用了一個很鎮定而且很優雅再加上非常專業的口吻對我說：『老師，您是說這一句 My parents never type me, and they always talk with me sincerely instead of punishing me! 嗎？』我說：『對，就是這一句！你前面表達的很好，可是我有點不懂你後面這一句的意思。』

他，回答了。…… 我，摔倒了！

因為他說：『很簡單啊！這篇作文的主題是愛的教育，那既然是愛的教育，我想表達的是說我的父母親從來不打我，他們一定都會用講的不會用打的！』天啊！可以來個人救救我嗎？『type』這個字明明就是『打字』啊！怎麼會變成『打人』呢？

不行，好說歹說我也是個『玉樹臨風』而且本科系畢業的英文老師，我怎麼可以摔倒在地上而且狼狽地被學生打敗呢？我就問啦：同學，你怎麼會認為 type 這個字是『打人』，這個字明明就是『打字』，不是嗎！（講這句話的同時，其實我是有一點心虛的喔，畢竟在我面前的這個風度翩翩，長得有比我不帥一點的學生，他是一個成績應該是穩上台大醫學院的高材生，英文程度照道理是相當不錯的喔，我心裡的 o.s. 反覆地在侵蝕著我的信心。）就在這時，從這位『準台大醫科生』口中竟然冒出一句害我下巴大約脫臼三次的話，他說：咦，我們以前的國中課本裡面就有寫啊， type 的中文翻譯是『打（字）』，那它的意思不是說可以打（字）或是打（人）、打（狗）的嗎？

感謝老天爺！我場面hold住了！我一個move回來就不用回我的母校－文藻外語大學去罰跪了，因為我沒有丟學校的臉了！原來這個學生背單字的方式是把中文順便也給它背熟，所以他沒有搞懂英文單字的真實涵意，因此鬧了一個這麼大的笑話！OK，再提醒各位一次，我是個『玉樹臨風』而且本科系畢業的英文老師，想當然爾我一定是用盡我一切功力將這個學生的錯誤觀念導正過來。講到這裡，我不禁覺得其實衛生署應該頒一個『功在黨國』的匾額給我，因為這個學生後來真的當了醫生，而也因為我及時地『救』了他的菜英文，那他開藥單的時候才不會開錯造成誤診，想一想我還真的是對人類社會有很大的貢獻喔！

Chapter *3*

英文發音，你唸對了嗎？

Topic 01 字母要唸對

目前全世界據統計大約有54萬個英文單字，距離莎士比亞的時代已經多了五倍，這樣的數量不要說是你，就連老外也不可能都記得住！但是不論多困難的單字，也只是由26個英文字母去組合而成，就可以千變萬化地組成不同的單字。因此切記，英文單字的拼音再怎麼變也脫離不了母音【**a、e、i、o、u**】與子音的基本邏輯！

因此，一定要將自然發音法學會，並利用音節的組合來拼出單字。如此一來，再艱難的英文單字都可以化成一個個的小音節，只要按照每個音節的排列順序去區分出每一個母音發音的不同，再將子音加入後就能很輕易地將單字拼出來！也就是說只要你唸得出來，那這個字按照自然發音法就可以背得輕鬆愉快了！那怎樣才能分成一個一個的音節呢？只要按照下列的指示與說明，你就能輕易地分出來：

英文字母從 A 到 Z 要唸出來好像還蠻簡單的，但是其實發出正確發音的人少之又少，因為好像也沒有幾個人會認真地瞭解每一個字母的發音！舉個最簡單的字母發音為例，V這個字母的發音從台灣人口中唸出來真是精彩，從唸『ㄨㄧ』到『ㄈㄧ』都有，可說是包羅萬象、各自表述也各自精彩！其實要唸好 V 這個字母還蠻簡單的，試試看唸台語的『米』，再來重點來囉，只要在唸『米』的時候不要將上下嘴唇碰在一起，改用上排牙齒去輕輕地碰觸下嘴唇，保證你唸出來的是字正腔圓的 V 字！另外一個例子就是 W 這個字母，一般在台灣聽到的都是『達不溜』，其實說實在地已經很接近了，但是更精準的唸法是『大ㄅ溜』，你只要將中間的ㄅ唸輕一點、再快一點就會很傳神了。

但這是所謂的美式唸法，在英國這個字其實是唸成 double U，因為這個字他們都寫成 W，說穿了就是指『兩個 U 』嘛！除了 W 之外， Z 這個字母在英國也不是唸 [zi]，而是唸 [zɛd]。

Topic 02 子音要會分

下面這張圖就是要告訴你每一個英文字母子音的發音原則，除了幾個比較需要去記的特殊音之外，其實就是類似我們中文注音符號的原則一樣，將聲符及韻符結合後就會得到字母的正確發音。比如說B這個字母是由[b] ＋ [i]，就像注音符號拼音一樣將「ㄅ ＋ 一」結合起來就會得到『幣』這樣的發音一樣。因此，逆向思考的話就是將除了a、e、i、o、u 屬於母音的每一個英文字母排除在外，其餘的只要將它的韻符去掉，就會得到那個字母最標準的子音發音。比如說，B 這個字母在單字中就會發出[b]（類似注音符號ㄅ的唸法）。

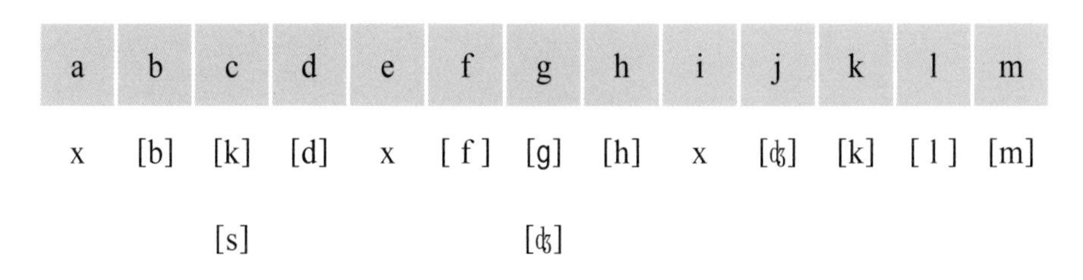

a	b	c	d	e	f	g	h	i	j	k	l	m
x	[b]	[k]	[d]	x	[f]	[g]	[h]	x	[ʤ]	[k]	[l]	[m]
		[s]				[ʤ]						

n	o	p	q	r	s	t	u	v	w	x	y	z
[n]	x	[p]	[kw]	[r]	[s]	[t]	x	[v]	[w]	[ks]	[j]	[z]
										[gz]		

而子音（Consonants）可分為有聲子音 & 無聲子音，差別重點為『氣音』，換句話說就是下列的重點：

有聲子音就是有聲無氣。
無聲子音就是有氣無聲。

比如說下列就是有聲子音與無聲子音的對照表，從這個對照表就可以輕易地看出來有聲子音與無聲子音的差異性！

有聲子音	[b]	[d]	[v]	[g]	[z]
無聲子音	[p]	[t]	[f]	[k]	[s]

Topic 03 母音要會分

一直以來常被家長及學生問到一個很奇妙的問題，那就是K.K.音標和自然發音法到底有什麼不同，為什麼好多補習班不但開K.K.音標班還再加開自然發音班？基本上這是一個非常令人匪夷所思也讓人感到傻眼的問題。因為這兩種東西根本就不應該算同一類！K.K.音標只是一種符號學，只是用來標註每個單字發音的符號而已，而全世界的音標符號種類不下十種，學了K.K.音標並不意味著你就能看懂單字的發音。而自然發音法是一種發音準則，也就是能幫助你看了英文單字，不須看音標也能唸出單字的發音！基本上這兩種東西是完全不相抵觸，也沒有孰優孰劣的問題存在。換句話說，應該要先懂自然發音法來幫助你自然而然地看到單字就能唸出來單字，再來輔助K.K.音標這種符號學，好像會比較順暢一點。

那到底自然發音法是有什麼樣的魔力，能夠讓人一眼便讀出單字，而且老外好像也都沒學所謂的音標，那這些人到底憑什麼唸出這些單字的？說穿了就是字母的前後關係而已！舉個例而言，cut 和 cute 這兩個單字只差了尾巴一個 e 字，為什麼唸出來卻大不相同？原理很簡單，英文裡的 a、e、i、o、u 發出的聲音可分為長母音＆短母音，怎麼分呢？千萬不要被『長』與『短』這兩個字誤解了！因為這裡所提到的『長』與『短』只是因為聽起來的錯覺，其實所謂的長母音就是要把這個音順利的發出聲音，要把音正常唸完不中斷！因此『長母音』有一個外號叫做『本音』，就是本來的發音。也就是說如果這個 e 字是唸長音，那這個字就會像它原本的字母發音一樣發出『一』的發音。依此類推，如果 i 這個母音是唸長音，那它一樣會照它的字母發音一樣發出『ㄞ』的音出來。而這些長母音的發音就如下表所示：

長母音	a	e	i	o	u
Long Vowels	[e]	[i]	[aɪ]	[o]	[ju]

那什麼樣的情況會發出『長母音』呢？很簡單，因為英文發音其實還蠻符合人體工學的，而且長母音只有兩個大原則：

第一，我們人在發出每一個字的時候，理論上尾音的氣應該都要順利吐完，但要注意不要故意拖長喔！因此，原則上只要是放在尾字的母音都應該是發『長母音』！

比如說：

he　　hi　　go

[hi]　[haɪ]　[go]

第二，在同一個音節裡面應該只有一個母音，但是 e 這個母音如果不是音節裡唯一的母音，而且放置於字尾時，那就符合了『後面母音不發音，前面母音發長音的原則』！因為後面這個不發音的 e 字會成全前面的母音發出『長母音』！

比如說：

bake　　nice　　home

[bek]　[naɪs]　[hom]

而當我們談到『短母音』時，它的發音原則就會與『長母音』截然不同。所謂的『短母音』代表的是唸這個音的時候，氣並未吐完！就像騎車到一半突然煞車一樣，也因為是發出一個非常急促的聲音，因此被稱之為『短母音』！

短母音	a	e	i	o	u
Short Vowels	[æ]	[ɛ]	[ɪ]	[ɑ]	[ʌ]

而短母音也只有兩個大原則：

第一，就像我們要排隊買票的時候，我們都會希望排第一個的人能夠買快一點！千萬不要拖長時間！同理可證，在發出每一個字的時候，理論上第一個音都應該要唸快一點，否則後面的發音可能就唸不完了！因此，原則上只要是放在第一個字的母音都應該是發『短母音』！比如說：

ant	egg	ox
[ænt]	[ɛg]	[ɑks]

第二，如果這個母音放置於兩個子音中間時，那就像是一個人像漢堡一樣被夾在中間，應該會喘不過氣來，那此時就符合了『短母音』是一種急促的發音原理！比如說：

cat	hen	box
[kæt]	[hɛn]	[bɑks]

Topic 04 要懂得常用的子音變化

說完了母音的基本變化，難道子音都沒有什麼變化嗎？其實也還好，只要掌握下面這兩種子音變化，你大概就能變成發音達人了！

第一，子音也有『軟的』和『硬的』：蝦咪！又不是買柿子，怎麼還會有分軟的還是硬的！英文字母中的 c 和 g 這兩個字就有分軟與硬。規則很簡單，c 和 g 這兩個字平常都是硬梆梆的，但是遇到『融化三人組：e、i、y』時就得『軟化』，看下面的例子吧：

cat	ice
[kæt]	[aɪs]
硬音	軟音
gun	gym
[gʌn]	[ʤIm]
硬音	軟音

第二，英文字母裡面也有變性：的確！英文字母總共有26個，但是母音卻只有5個，有時候真的會不太夠用，因此這 26 個字母裡面的 l、 m、n 和 y 就要扮演雙重角色，也就是說平常是子音，必要時還是要變成半母音或是母音！而這裡面最奇特的就是 y 這個字母，變化如下：

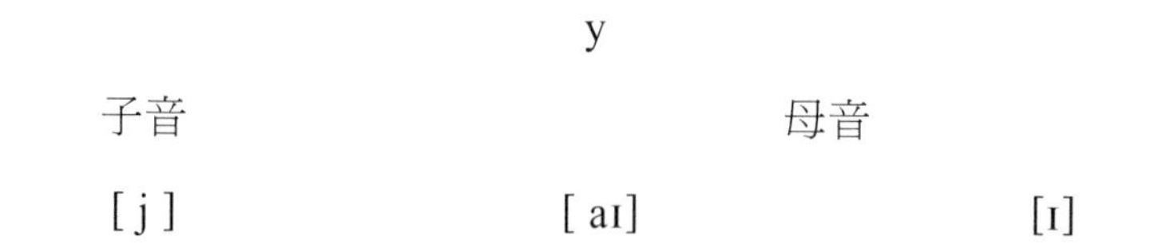

那怎麼分辨呢？看一下例子吧：

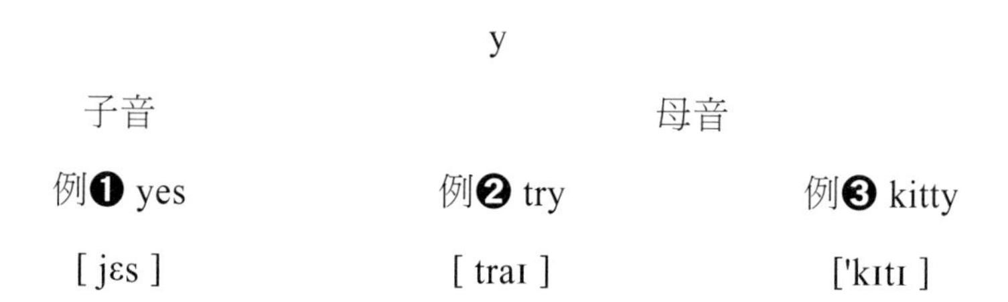

例一：從 yes 這個字的組成可以很清楚的看出來， y 這個字母的前方並沒有其他的字母，而後方有 e 這個母音。英文發音的組成很簡單，就是要以『子音＋母音』的方式來組合發音，因此 yes 這個字裡面的 y 字母也沒得選擇，只能當『子音』！

例二：看 try 這個字可以發現， y 這個字母的後方並沒有其他的字母，而前方有 r 這個子音。因此 try 這個字裡面的 y 字母也沒得選擇，只能當『母音』！

例三：從 kitty 這個字的組成可以發現， y 這個字母的後方並沒有其他的字母，而前方有t 這個子音。因此 kitty 這個字裡面的 y 字母也沒得選擇，只能當『母音』！

請寫出每個單字的音標（解答P.166）

① bat	② pen	③ fin	④ fox	⑤ bus
[ ]	[ ]	[ ]	[ ]	[ ]
⑥ name	⑦ gene	⑧ bike	⑨ home	⑩ huge
[ ]	[ ]	[ ]	[ ]	[ ]
⑪ am	⑫ egg	⑬ in	⑭ on	⑮ up
[ ]	[ ]	[ ]	[ ]	[ ]
⑯ late	⑰ he	⑱ hi	⑲ go	⑳ duke
[ ]	[ ]	[ ]	[ ]	[ ]
㉑ fan	㉒ ten	㉓ pin	㉔ socks	㉕ pump
[ ]	[ ]	[ ]	[ ]	[ ]
㉖ cake	㉗ we	㉘ dice	㉙ bone	㉚ tube
[ ]	[ ]	[ ]	[ ]	[ ]

要懂得區分『音節』

誠如之前提到的發音結構一樣，英文單字的標準組成為『子音＋母音』，因此只要掌握這個大原則，要拼出正確的發音那就簡單囉！

例：

go [go]

子音＋母音

☞ 這個母音為『長母音』

got [gɑt]

子音＋母音＋子音

☞ 這個母音為『短母音』

gothic ['gɑθɪk]

子音＋母音＋子音　子音＋母音＋子音

☞ 這兩個母音皆為『短母音』

而在『短母音』的應用裡面，有一個不得不提的重要觀念，也就是當一個單字的組成結構為『子音＋母音＋子音』時，在變成現在分詞或動名詞時，就必須要注意 ＋ing 時的變化，就以 run 這個單字為例，如果在單字的後方直接加上 ing，那就會導致 i 這個字和前方的 n 再度結合，結果造成前方的 u 從『短母音』瞬間變成了『長母音』，結果整個發音變形了！因此，為了保留前方的 u 繼續當他的『短母音』，只好趕快找一個子音來墊著。這時，你就要好好想一想，要怎麼樣增加一個字母，又不能增加發音呢？其實很簡單，你只要重複它就可以了，如此一來多了一個子音墊著，既能夠保全前方的母音繼續為『短母音』，又不會增加發音的負擔，這就是短母音的單字要 ＋ing 時為什麼要重複字尾的原因了！

run [rʌn] ☞ runing ['rjunɪŋ] （X）

子＋母＋子 子＋母 子＋母＋子

☞ running ['rʌnɪŋ] （O）

子＋母＋子 子＋母＋子

❶ 請寫出每個字『現在分詞』的變化（解答P.167）

1. cut

☞ ______________

2. dig

☞ ______________

3. clip

☞ ______________

4. hop

☞ ______________

5. stop

☞ ______________

6. get

☞ ______________

❷ 請回答下列問題

1. standing 有幾個音節？請將音節分出。

2. Chinese 有幾個音節？請將音節分出。

3. curriculum 有幾個音節？請將音節分出。

Chapter 4

你真的懂英文的『時式』嗎？

Topic 01
三大時態 vs. 九大基本時貌

Topic 02
九大基本時貌

Topic 03
時態與時貌的相互關係與運用

三大時態 vs. 九大基本時貌

從小到大老師一直告訴我們英文裡有九大時態，可是你知道嗎？這真是一個完全錯誤的觀念！時式觀念一直都是建構英文句型一個非常重要的指標，沒有把這個觀念學好，基本上句子結構一定是一團糟，這牽扯的不僅是閱讀能力有問題之外，就連最基本的句子可能都會寫不出來，就拿2011年大學學測來說，英文作文考零分的人數為13,897人，佔考試人數約10%！而考低於5分的低分群約佔了25%，這樣的數字可能會讓許多英文老師臉都綠了。除此之外，根據統計學生在考英文時最討厭也最害怕的題目類型就是所謂的『克漏字』，這種題型答不好的同學多半是因為根本就不曉得英文並不是九大時態，而是九大基本時貌！當你弄懂了時態與時貌的差異性後，你會發現原來看懂英文句型是那麼簡單的一件事！

下面這六題如果你的作答時間超過30秒鐘，而且沒有全部答對的話，那就表示其實你真的沒搞懂英文的『時式』了！

1. Tom ________________ （read）an English book last night.
2. Tom ________________ （read）an English book right now.
3. Tom ________________ （read）an English book every day.
4. Tom ________________ （read）an English book so far.
5. Tom ________________ （read）an English book tomorrow.
6. Tom ________________ （read）an English book then.

Answer :

(1) read	(過去簡單式)	(2) is reading	(現在進行式)
(3) reads	(現在簡單式)	(4) has read	(現在完成式)
(5) will read	(未來簡單式)	(6) was reading	(過去進行式)

其實英文只有三大時態，就是所謂的『過去式』、『現在式』及『未來式』。而每一種時態裡面又有三種基本的『時貌』，就是所謂的『簡單式』、『進行式』及『完成式』，那合起來後就會得到『九大基本時貌』。下面這張表格就是幫你能快速瞭解之間的關係：

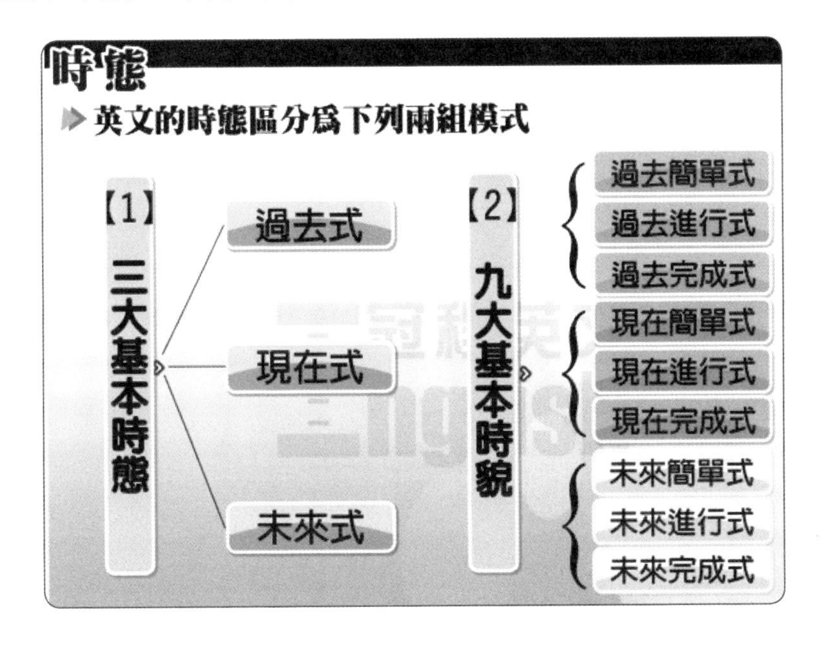

之所以一定要弄懂是『九大基本時貌』而不是九大時態的原因是，不論句型結構怎麼變化，在同一個事件敘述裡基本上『時貌』可以不一致，但是『時態』一定要一致！懂得這個觀念的人才能夠正確地寫出每一個句子應該有的時態與時貌，也才能在閱讀中快速釐清從屬關係，就舉幾個大考曾考過的題目為例吧：

（1）【91年第一次國中基測第17題】

（ A ） Slowly, Miss Hsieh washed his hands and told him that he should keep himself clean. She __________ that every day for one month.

(A) **did** (B) was doing (C) has done (D) was going to do

這一題當年有許多同學選擇（C）這個答案，因為有許多國中生基本上都中毒很深，每次看到題目中出現 ～ for one month 就開始衝動了，因為你會很聽話地去判讀你所學過的『完成式』後面都會有 ～ for ＋一段時間。可是你真的知道完成式有分三種嗎？有分『過去完成式』、『現在完成式』還有『未來完成式』，尷尬的地方就在這裡，有許多同學因為根本就不知道英文有分時態和時貌，因此也就不太懂在句子的時間歸屬裡，要以『時態』為依歸！時態搞定了，才能去分辨『時貌』。

這一題不可能用（C）has done 這個答案的原因很簡單：因為所謂的『完成式』代表的是一段時間的行為，要選擇『過去完成式』、『現在完成式』還有『未來完成式』，是要以『動作的時間終點』為依歸！而這一題前面明明就講了 "Slowly, Miss Hsieh washed his hands and told him that he should keep himself clean." 代表著這整段的故事背景事發生在『過去式』！因此，這裡面最不可能的答案也就是（C）has done 這個答案。

而至於（A）did、（B）was doing、（D）was going to do 這三個答案裡為什麼要選擇（A）did 這個答案那就簡單到破表了！因為題目大剌剌就告訴你 She __________ that every day 這麼明顯了，『簡單式』代表的就是一個『事實』，採用 every day 代表的就是當時存在的事實，那這一題的時態是過去式，想當然爾你也只能選『過去簡單式』了，不是嗎？

（2）【95年第一次國中基測第21題】

Shu-fen is in her third year of junior high school. She has many tests every day, but she does not even want to look at her books. Shu-fen was not like this before. In fact, she ___21___ studying during her first two years of high school and always got high grades on tests. She was happy then.

（ B ）21. (A) enjoys (B) enjoyed (C) has enjoyed (D) will enjoy

基本上，這一題如果看超過三秒，就要打屁股了！剛才已經告訴過你時間的判讀要先選擇『時態』才能再決定『時貌』，四個選項裡（A）enjoys 和（C）has enjoyed 都是屬於『現在式』，（B）enjoyed 屬於『過去式』，（D）will enjoy 則屬於『未來式』。題目中 In fact, she ___21___ studying during her first two years of high school and always got high grades on tests. She was happy then.，除非你是弱視再不然就是神智不清，不然看看句子左邊，再看看句子右邊，左看右看加上看下看，句子裡面擺明著怎麼看都是『過去式』，也就是在告訴你這整句是在敘述過去發生的事，因此你再怎麼不願意也要選擇（B）enjoyed 這個選項，因為只有這個選項是『過去式』！

順便再告訴你一個驚人的事實，不管是國中基測，亦或是大學學測、指考，甚至到統測，基本上光是判讀『時態』還不需動用到『時貌』，就可輕易作答超過一半以上的時式題了！所以只要你真的懂了『時態』vs.『時貌』，就可以套句著名的廣告詞了：Trust me, you can make it！

Topic 02 九大基本時貌

既然大家都已經知道了英文是『三大時態 & 九大時貌』了，那我們就一起來看看如何區分這九大時貌吧！

 現在簡單式

對於事實、現象、定律及不變的道理之陳述。

例（1）：I am a student.（我是一個學生。）

例（2）：We like English.（我們喜歡英文。）

例（3）：The moon goes around the earth.（月亮繞著地球轉。）

例（4）：Honesty is the best policy.（誠實為上策。）

請填入正確答案（解答P.167~168）

1. It __________ （rain） very often here in summer.【58-專科】

2. Whenever I make a mistake, the teacher always __________ （find） it. 【59-專科】

3. （ ） He eats meat __________. 【64-專科】

   (A) now (B) yesterday (C) tomorrow (D) every day

4. （ ） I __________ back there every few weeks to see my friends. 【70-師大】

   (A) am going (B) had gone (C) would be going (D) go

5. （ ） He __________ at home. He's in his office now. 【90基測-模-1】

   (A) isn't (B) can't (C) hasn't (D) doesn't

6. （ ） Stella is a baseball fan. She __________ more than one hundred pictures of famous baseball players. 【94基測-2-7】

   (A) has (B) has been (C) is (D) is having

7. ( ) Paul：__________ Shelly's father a businessman?
【94基測-2-15】

Carl：I don't think so. I remember he teaches English.

(A) Are (B) Is (C) Do (D) Does

8. ( ) These days Shu-fen always feels tired and bored. There __________ so many tests that Shu-fen cannot relax and do the things she likes. 【95基測-1-22】

(A) are (B) were (C) would be (D) are going to be

9. ( ) Learning foreign languages __________ me to know more about other countries. 【96基測-1-12】

(A) helps (B) helping (C) help (D) to help

10. ( ) The man got angry and cried out, "You __________ a cold person. I hate you!" 【96基測-1-20】

(A) are (B) were (C) will be (D) would be

現在進行式

對於現在正在發生的動作所呈現之狀態的陳述

例（1）：A boy is running.（一個男孩正在跑步。）

☞ 強調正在跑步的狀態。

例（2）：They are playing basketball.（他們正在打籃球。）

☞ 強調正在打籃球的狀態。

請填入正確答案（解答P.169）

1. A teacher and doctor __________ （come） now. 【57-專科】

2. At present Professor Smith __________ （write） another book. 【58-專科】

3. （　　） Look! Many birds __________ in the sky. 【65-師大】

   (A) are flying (B) fly (C) to fly (D) flow

4. （　　） Listen! Someone __________ at the door. 【66-專科】

   (A) knocked (B) is knocking

   (C) has knocked (D) will knock

5. （　　） "Where is John?" 【70-師大工教】

   "He __________ a letter in his room."

   (A) write (B) writes (C) wrote (D) is writing

6. （　　） Miss Hsieh's love has given me a good example to follow when I __________ my job. I always remember to teach my students by showing them the right ways to do things. 【91基測-1-18】

   (A) did (B) am doing (C) have done (D) am going to do

7. 我們即將進入二十一世紀。 【86-大學聯招】

☞ ____

現在完成式

強調一個動作終點為現在的狀態

【1】強調一段時間的行為

例（1）：I have studied English since ten years ago.

（我從十年前就開始學英文。）

☞ 代表從10年前學英文學到現在。

例（2）：Mary has played the piano for two hours.

（瑪麗彈鋼琴彈了兩個小時。）

☞ 代表從2個小時前就開始彈鋼琴到現在。

【2】強調經驗

例（1）：Linda has been to Japan twice.

（琳達到過日本兩次。）

☞ 代表從以前到現在，總共有去過日本兩次的經驗。

例（2）：They have never drunk coffee.

（他們從來沒喝過咖啡。）

☞ 代表從以前到現在，從來沒有喝過咖啡。

【3】強調完成的結果

例（1）：She has already eaten a hamburger.

（她已經吃了一個漢堡。）

☞ 代表從剛才到現在，她一共吃了一個漢堡。

例（2）：Peter has just finished his homework.

（彼得剛剛做完功課。）

☞ 代表從剛才到現在，都在做功課。

請填入正確答案（解答P.170~172）

1. (　　) For thousands of years, people __________ that no two people have the same fingerprints. 【82-大學聯招】

(A) knew (B) had known (C) know (D) have known

2. (　　) It has been many years __________. 【90-大學學測】

(A) when I met an old friend of mine

(B) since I last saw him

(C) still nobody accepted Mary

(D) whether Mary would come or not

3. (　　) John：Have you seen my comic books, Jean? 【90基測-模-1】

Jean： __________ on your desk yesterday, but Mom took them away this morning.

(A) They are (B) They had

(C) They were (D) They've been

4. (　　) I was hungry, but I didn't eat much. I __________ two kilos in the last two weeks. 【91基測-2-19】

(A) lose (B) have lost

(C) am losing (D) was going to lose

5. (　　) But things __________ since we graduated. Daniel can't see me very often because he's got a girlfriend.
【92基測-1-23】

(A) changed　(B) have changed

(C) were changing　(D) are going to change

6. (　　) Bill：Have you ever been to Hong Kong?

Ted：Yes, __________. It's really a fun place to go.
【92基測-2-16】

(A) five days　(B) for three years

(C) in one month　(D) twice already

7. (　　) I sent Lucy two e-mails last week, but she has not answered me __________.　【93基測-1-8】

(A) already　(B) also　(C) either　(D) yet

8. (　　) A-kang is in the same class as A-liang.
A-kang __________ English for six years, but he always feels bored in class.　【94基測-模-1】

(A) studies　(B) is studying

(C) has studied　(D) was studying

9. (　　) Ryan：Would you like to play tennis with me?
Dara：No, thanks. __________ it for three hours already. I'm tired now.　【94基測-2-16】

(A) I play　(B) I'm playing　(C) I've played　(D) I'll play

10. (　　) Many of my classmates have had the experience of taking an airplane, but I _________. 【96基測-1-6】

(A) don't　(B) wasn't　(C) won't　(D) haven't

11. Have you _________ _________ to Green Lake?

【55-大學聯招】

12. The birds have all ________ (fly) away. 【62-專科】

13. 你最近有沒有看書？ 【69-技術學院】

____

____

14. 我十年前小學畢業以來就沒有再見過她。 【76-夜大】

____

____

15. 台灣的人口已經超過兩千萬。 【78-夜大】

____

____

過去簡單式

代表過去時間的行為、事實及現象，如今不再出現的陳述。

例（1）：I was a student.（我以前是一個學生。）

例（2）：We liked ice cream.（我們以前喜歡冰淇淋。）

請填入正確答案（解答P.172~174）

1. (　　) Christine：Dad, I'm hungry. Do we have anything to eat?

   Mr. Chen：You can have some bread I __________ from the supermarket. It's on the table.【90基測-2-17】

   (A) am buying (B) to buy (C) bought (D) will buy

2. (　　) Slowly, Miss Hsieh washed his hands and told him that he should keep himself clean. She __________ that every day for one month.【91基測-1-17】

   (A) did (B) was doing

   (C) has done (D) was going to do

3. (　　) I __________ taking her to a movie with me once. She kept talking during the movie, and even cried loudly.

   【93基測-1-20】

   (A) try (B) tried (C) will try (D) am trying

4. (　　) We __________ the movie that night and went home early.

   【93基測-2-23】

   (A) have not seen (B) will not see

   (C) did not see (D) were not seeing

5. (　　) Ms. Li：Why did you miss the bus?

A-fu：I __________ very hard and went to bed late.

【94基測-2-18】

(A) studied　　(B) am studying

(C) have studied　　(D) will study

6. (　　) At first, my bookstore's business __________ not very good. But now it is doing quite well. 【95基測-1-10】

(A) is　(B) does　(C) was　(D) did

7. (　　) My brother doesn't live with us. He __________ out after he got married. 【95基測-1-14】

(A) has moved　　(B) will move

(C) was moving　　(D) moved

8. (　　) Tina __________ hamburgers for lunch every day last week. 【95基測-2-10】

(A) has　(B) had　(C) has had　(D) was having

9. (　　) Sam : __________ you have a good time at Mr. Moore's house tonight?

Tom : Yes. It was a wonderful party. I'm glad I went.

【95基測-2-19】

(A) Do　(B) Did　(C) Will　(D) Would

10. (　　) All of them __________ quiet for two minutes. Everyone looked serious. 【97基測-2-18】

(A) are　(B) have been　(C) were　(D) would be

過去進行式

對於過去正在發生的動作所呈現之狀態的陳述。

例（1）：A boy was running then.

（一個男孩當時正在跑步。）

☞ 強調一個男孩當時正在跑步的狀態。

例（2）：Catherine was flying a kite at that time.

（凱薩林當時正在放風箏。）

☞ 強調凱薩琳當時正在放風箏的狀態。

例（3）：They were playing basketball at eight last night.

（他們昨晚八點正在打籃球。）

☞ 強調他們在昨晚八點的時候，正在打籃球的狀態。

例（4）：When Tom came yesterday, I was cooking dinner.

（當湯姆昨晚來的時候，我正在煮晚餐。）

☞ 強調昨晚當湯姆來的時候，我正在煮晚餐的狀態。

請填入正確答案（解答P.174~175）

1. She __________ （sing） in this hall at seven last evening.
【54-專科】

2. The truck __________ （go） very fast when it hit our car.
【56-專科】

3. They __________ （eat） dinner when we arrived.【58-專科】

4. My friends __________ （sing） when I came into the room.
【59-專科】

5. We __________ （have） lunch when you called on the phone yesterday.
【70-大學聯招】

6. （　） When we got to the theater, a lot of people __________ there to buy tickets.
【93基測-2-21】

   (A) wait　　(B) have waited

   (C) will wait　　(D) were waiting

7. （　） Betty __________ fake watches when the police came.
【90基測-2-16】

   (A) sells　　(B) is selling

   (C) was selling　　(D) has sold

過去完成式

強調一個動作終點為過去的狀態。

例（1）：The train had gone before we reached the station.

【54-專科】

（在我們抵達火車站之前，火車就已經開走了。）

☞『抵達火車站』為過去式，在過去式之前發生的事。『火車開走』則採用過去完成式。

例（2）：The manager had left when I telephoned.

【57-專科】

（我打電話時，經理已經離開。）

☞『打電話時』為過去式，在過去式之前發生的事。『經理離開』則採用過去完成式。

習題

請填入正確答案（解答P.175~176）

1. Almost everyone __________ （leave）for home by the time we arrived. 【56-專科】

2. When we got to the station, the train __________ （leave） already. 【58-專科】

3. He __________ （take）the money though I had asked him not to do so. 【59-專科】

4. His wife told me that he __________ （leave）already.【59-專科】

5. (　) They sang a new song which they __________ before. 【68-技術學院】

   (A) did not sing　(B) had not sung

   (C) sang　(D) would have sung

6. (　) He __________ his homework before I came. 【68-專科】

   (A) has done　(B) has been doing

   (C) had done　(D) would have done

未來簡單式

代表在未來的時間裡所將要發生的事情或者是動作。

例（1）：I will go to Taipei tomorrow.

= I am going to Taipei tomorrow.

（我明天要去台北。）

☞『來去動詞：come / go / leave』的現在進行式 ＝ 未來式

例（2）：Christmas is coming.

（聖誕節就要來了。）

☞『來去動詞：come / go / leave』的現在進行式 ＝ 未來式

例（3）：They are going to buy a new house.

（他們即將買一棟新房子。）

請填入正確答案（解答P.176~177）

1.（　）Tom： Jean, __________ to the movies with us tonight?【90基測-模-1】

Jean：Sorry, I can't. I have an important exam tomorrow.

(A) did you go　(B) are you going

(C) have you gone　(D) do you go

2.（　）I'm very excited because Chinese New Year is coming. Mom told me this morning that we ______________ grandmother's place for the new year.【91基測-2-17】

(A) go to　(B) went to

(C) have gone to　(D) are going to

3.（　）Lisa：What __________ this morning?【92基測-2-17】

Tina：Well, it's Sunday. I think I'll go to church with my father.

(A) have you done　(B) are you going to do

(C) did you do　(D) were you doing

4.（　）I'd love to, but I have to take care of my sister Kelly. My parents ________ home tonight.【93基測-1-19】

(A) don't be　(B) weren't

(C) won't be　(D) haven't been

未來進行式

對於未來時間某個當下正在發生的動作所呈現狀態的陳述。

例（1）：I will be watching TV at home at nine o'clock tomorrow night.

（我明天晚上九點會在家看電視。）

☞ 強調我明天晚上九點的當下，會正在家裡看電視的狀態。

例（2）：A : What will you be doing at this time next Sunday?

（你下週日的這個時間你要做什麼？）

B : I will be playing basketball in the gym.

（我會在體育館打籃球。）

☞ 陳述下週日的這個當下，我會在體育館打籃球的狀態。

請填入正確答案（解答P.177）

1. (　　) It ________ when we get to the museum this afternoon.

   (A) probably will rain　(B) probably rains

   (C) is probably raining　(D) will probably be raining

2. (　　) Please come to the library at 8:00 tomorrow morning, I __________ there.

   (A) will study　(B) am studying

   (C) will be studying　(D) read

3. (　　) They __________ the piano at this time tomorrow.

   (A) will be playing　(B) will play

   (C) plays　(D) played

未來完成式

強調一個動作終點為未來的狀態。

例（1）：By next Sunday, you will have stayed with us for five months.

（到下週日以前，你將和我們住在一起五個月了。）

☞『下週日』為這個動作的終點，因此採用未來完成式。

例（2）：I hope it will have stopped raining by five o'clock.

【59-專科】

（我希望到五點時，雨將已經停了。）

☞『五點』為下雨這個動作的終點，因此採用未來完成式。

請填入正確答案（解答P.178）

1. I hope it __________ （stop）raining by five o'clock.

【59-專科】

2. (　) By next Sunday, you __________ with us for three months. 【65-夜大】

   (A) will have stayed　(B) will stay

   (C) shall stay　(D) have stayed

3. (　) By the time you graduate, I __________ here for ten years.

   (A) will work　(B) shall have worked

   (C) will be working　(D) have worked

4. (　) It __________ for a week if it does not stop the day after tomorrow.

   (A) will rain　(B) will be raining

   (C) will have rained　(D) rains

時態與時貌的相互關係與運用

而當我們懂得英文在時間敘述中會有區分所謂的『時態』和『時貌』，但為什麼還要強調是『九大基本時貌』呢？『基本』是否意味著還有其他種類的『時貌』呢？答案其實很清楚了。是的，『時貌』的運用的確會投出所謂的變化球，誠如上一章講過的英文是一種『積木語言』，也就是說在拼湊的過程中，連單字都會有變化了，更何況是複雜的文法觀念呢！當我們要很精準地表達一個動作的時間點時，我們就可以運用時貌重疊的方式來陳述，比如說當你有個朋友開了一家店，在他開了兩年後，你想要去關心他一下，順便問這個朋友說：『你的生意做得怎樣啊？』

☞ 你說：How have you run your business?

結果你的朋友翻臉！並大聲告訴你朋友不用當了！你千萬不要嗆回去說：『朋友不當就不當，跩什麼啊？！』因為，千真萬確是你表達得不好啊！

原因在於：所謂的『現在完成式』代表的是『到現在已經完成的動作』。你用了 How have you run your business? 這樣的表達在他聽起來感覺好像是今天就可以關門大吉了，那他當然會不爽啊！但如果你是這樣表達的話，結果可能就不一樣囉：

☞ 你說： How have you been running your business?

你用的是『現在完成進行式』，這樣的時貌意味著『從開幕到現在，而且還可以一直做下去』的意思！那你不覺得這樣聽起來讓人感覺比較好嗎？此時問題來了：要怎樣寫出『現在完成進行式』？其實很簡單，基本上這只是一個『數學問題』而已！這只是『時貌』的堆疊，請注意看下列的公式比對：

現在完成式	=	have	+	p.p.		
進行式	=			be動詞	+	Ving
		↓		↓		↓
現在完成進行式		have		been		Ving

有沒有發現其實還真的是很簡單！而且在中華民國的歷屆大考中，有一題超級經典的時貌變化題，保證讓你大開眼界！準備好了沒？ Here we go!

例：到明年五月，他們建造這座橋已經九個月了。【66年專科】

By next May, they will have **been** building

the bridge for nine months.

這一題採用的是『未來完成進行式』，因為『明年五月』為這個動作的終點，因此要採用『未來完成式』，而在講話的同時這座橋又正在建造當中，因此要再加上『進行式』。最後就需要堆砌成：**will have been building**。這樣的『未來完成進行式』，公式如下：

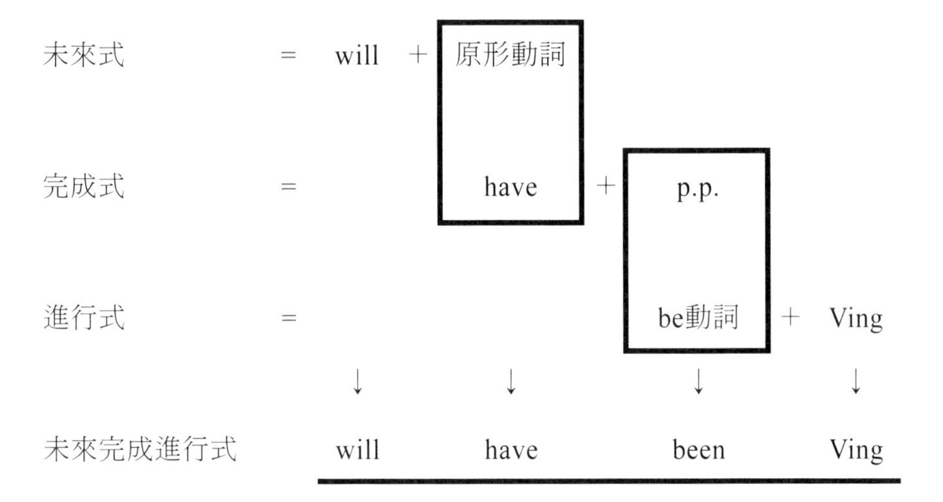
未來式
=
will
+
原形動詞
完成式
=
have
+
p.p.
進行式
=
be動詞
+
Ving
↓
↓
↓
↓
未來完成進行式
will
have
been
Ving

請填入正確答案（解答P.179）

1. (　　) By the time you graduate, I shall have been __________ for five years. 【56-專科】

    (A) work　　(B) worked

    (C) working　　(D) to working

2. (　　) By the end of this week, __________ for a month exactly. 【70-專科】

    (A) I'm traveling　　(B) I'll have been traveling

    (C) I'd be traveling　　(D) I'll travel

3. I ________ ________ ________ the problem all day, but it is not solved yet. 【70-大學聯招】

4. (　　) He __________ for twelve hours.

    (A) sleeps　　(B) have slept

    (C) has been sleeping　　(D) is sleeping

5. (　　) How have you __________ your business these years?

    (A) running　(B) been running　(C) ran　(D) runs

6. (　　) By the time you graduate, I __________ here for over ten years.

    (A) worked　　(B) am working

    (C) has worked　　(D) shall have been working

Chapter 5

你真的會分『可數名詞』及『不可數名詞』嗎？

Topic 01
『food』這個字到底可不可數？

Topic 02
名詞是『可數』還是『不可數』的使用區分，
僅限於單字本身

Topic 03
只要『可數』就要『交代清楚』

『food』這個字到底可不可數？

長久以來，當我們在學單字遇到名詞的時候，都會去特別注意一下是『可數名詞』還是『不可數名詞』。但是有時候我們還真的分不清楚到底哪一個可數，又哪一個不可數？更令人發悶的是當你去逛大賣場，正開開心心地走到冷凍食品區要買一些冰淇淋來吃的時候，抬頭瞄到上面的告示牌竟然大剌剌地寫著『Frozen Foods』，此時心裡暗笑著，這家的英文水準好像給他有點低喔！英文怎麼那麼菜！老師明明就有講『food是不可數名詞』，啊怎麼會＋s？！但是，這時候就不得不跳出阻止你一下了，人家可沒寫錯啊！是你自己誤解了所謂『不可數』的真正意義囉。

一般而言，不可數名詞大約有分三類：

（一）物質名詞

指的是材料、食品、飲料以及氣體、液體與固體的化學元素的名稱以及一些自然現象，下面幫你做了個清楚的分類舉例說明：

1. 材料：

soap、**oil**、**ink**、**wool**、**paper**、**cotton**

『肥皂』、『油』、『墨水』、『羊毛』、『紙』、『棉』

2. 食品 & 飲料：

food、**fruit**、**meat**、**pork**、**beef**

『食物』、『水果』、『肉』、『豬肉』、『牛肉』

mutton、**chicken**、**fish**、**salt**、**butter**

『羊肉』、『雞肉』、『魚肉』、『鹽巴』、『奶油』

rice、**wheat**、**tea**、**coffee**、**milk**、**soup**

『米』、『麥』、『茶』、『咖啡』、『牛奶』、『湯』

3. 氣體，液體，固體之化學名詞：

air、**hydrogen**、**nitrogen**、**oxygen**、**steel**

『空氣』、『氫氣』、『氮氣』、『氧氣』、『鋼』

gold、**lead**、**tin**、**copper**、**gasoline**、**water**

『黃金』、『鉛』、『錫』、『銅』、『汽油』、『水』

4. 其他（自然現象）：

ice、**wind**、**snow**、**rain**、**fire**、**smoke**

『冰』、『風』、『雪』、『雨』、『火』、『煙』

（二）專有名詞

指的是特定的人、地方之名稱，下面舉例說明：

1. 人名：

John、**Mary**、**Mr. Lin**、**Jessica**、**Michael**

『約翰』、『瑪麗』、『林先生』、『潔西卡』、『麥可』

2. 地名：

Taipei 、Taichung、Kaohsiung、New York

『台北』、『台中』、『高雄』、『紐約』

（三）抽象名詞

指的是那些性質、狀態、動作、概念等抽象概念的詞，下面舉例說明：

time 、 love 、 power 、 health 、 hope 、 wisdom

『時間』、『愛』、『力量』、『健康』、『希望』、『智慧』

knowledge、 beauty 、difficulty、happiness、friendship

『知識』、『美貌』、『困難』、『幸福』、『友誼』

單字是可數名詞時請寫O，不可數名詞則寫X（解答P.180）

① book	② pen	③ food	④ fruit	⑤ bus
[ ]	[ ]	[ ]	[ ]	[ ]
⑥ meat	⑦ pork	⑧ car	⑨ bike	⑩ wind
[ ]	[ ]	[ ]	[ ]	[ ]
⑪ salt	⑫ butter	⑬ desk	⑭ bread	⑮ noodle
[ ]	[ ]	[ ]	[ ]	[ ]
⑯ truck	⑰ rice	⑱ mouse	⑲ tea	⑳ milk
[ ]	[ ]	[ ]	[ ]	[ ]
㉑ smoke	㉒ boy	㉓ girl	㉔ fire	㉕ water
[ ]	[ ]	[ ]	[ ]	[ ]
㉖ rain	㉗ time	㉘ watch	㉙ snow	㉚ beauty
[ ]	[ ]	[ ]	[ ]	[ ]

名詞是『可數』還是『不可數』的使用區分，僅限於單字本身

看完上一章的說明，你是不是腦海中立刻出現盧廣仲的歌詞『對啊、對啊、對啊、對啊……』可數就是可數，不可數就是不可數！那怎麼會一個不可數的名詞『food』可以變成可數名詞，竟然還在後面加上s！難道英文文法也有『只許州官放火，不許百姓點燈』的情況發生嗎？那豈不是要『官逼民反』囉！先不要衝動啦，聽我娓娓道來，你就能瞭解這中間的奧妙了：

其實在英文的文法中已經規定的很清楚了，凡是不可數的名詞它就是不可數！換句話說，一個不可數名詞打死它還是不可數啊！如果你硬要把這個不可數名詞拿出來數，那你就得幫它加上個『單位詞』，就舉下面的例子來說明：

（例一）一張紙 ☞ **a paper** （**X**）

☞ **a piece of paper** （**O**）

（例二）兩杯茶 ☞ **two teas** （**X**）

☞ **two cups of tea** （**O**）

（例三）三條麵包 ☞ **three bread** （**X**）

☞ **three loaves of bread** （**O**）

上述的例子就是重申英文文法是有既定的架構的！但是，基本上不要忽略了英文是一種語言，是一種『活的語言（**A living language**）』！意思就是說英文本身架構是嚴謹的，但並不代表它是死板的。因此，老師要強調當我們在背誦一個單字時，的確是應該先去瞭解這個字本身是屬於『可數』還是『不可數』，但是僅限於這個單字『本身』喔！當我們要實際來運用這個單字時，就要加入考慮句子結構中的特質，才能清楚地表達出一個英文單字真正的涵意，比如說：

（例一）湯姆和瑪麗是兄妹。

☞ **Tom and Mary are a brother and a sister.** （**X**）

☞ **Tom and Mary are brother and sister.** （**O**）

在本句中你可以很清楚地看到『**brother**（兄弟）』和『**sister**（姊妹）』這兩個單字明明都是可數名詞，但卻又不能加上『**a**』也不能加上複數形，更不能加上『**the**（定冠詞）』！一般的文法書大概會這麼描述這個文法：『在表達關係時，不需加註冠詞或定冠詞』。我相信**100%**的學生應該就只是給他背起來，卻不一定知道這其中的奧妙。其實，這裡面的原理很簡單啊，所謂的『可數名詞』所代表的就是這個名詞是要加註清楚『數量』的。但是，你不知道有沒有聽過一個爛笑話：

小明和小華兩個人真的長得超像的，而且我們也肯定他們倆是同一對父母所生的，而且兩人又是同年同月同日出生的，可是每當有人問他們倆說：『你們是不是雙胞胎啊？』他們兩人又異口同聲地回答『不，我們不是雙胞胎！』更扯的是，他們倆還真沒說謊，那請問這到底是怎麼一回事？

你千萬不要明明想不出答案又不屑地嗆這是什麼爛腦筋急轉彎？！我現在就來告訴你，答案是『他們是三胞胎！』的確，他們倆真沒說謊，因為除了他們兩人外，還有一個孿生的兄弟。而這個腦筋急轉彎就硬生生地回答了上面這個英文例句裡的文法了，題目說『湯姆和瑪麗是兄妹。』這裡我們只能知道他們兩人的『關係』是兄妹，但是我們可不知道他們家到底有幾個兄弟姊妹？！是剛好只有一個『兄或弟』，還是也剛好有一個『姐或妹』？搞不好他們家為了拯救台灣生育率不高的問題，沒事就生了八個小孩也說不定啊！因此，當我們在表達『關係』的時候，我們就不需要也不能夠把這些表達『關係』的名詞當成可數，反而要當作『不可數名詞』來操作了！

（例二）我們昨天打籃球。

☞ **We played a basketball yesterday.** （**X**）

☞ **We played basketball yesterday.** （**O**）

裝肖維！**basketball**（籃球）就一定是『可數名詞』啊！怎麼會在這一句裡面又跟上面的第一個例子一樣，不能加上『**a**』也不能加上複數形，更不能加上『**the**（定冠詞）』！講到這裡，我又忍不住要告訴你一個笑話：

據說，民國初年四川有個叫做范紹增的大帥，有一次受邀來觀看籃球比賽。看了半天他很生氣地把副官叫到面前來說：『他奶奶地，一群大男人為了一顆球在那裡搶來搶去，成何體統！去，給他們一人發一顆球，不要再搶了！』聽到這裡，你應該是笑不出來了吧！你說說看，一場籃球比賽十個人有十顆球，那還叫籃球比賽嗎？當我們在講『打籃球』時，我們想表達的是這是一種運動，至於一個人發幾顆球應該不會是你要關注的重點吧！

換句話說，『籃球**basketball**』這個字的確是『可數名詞』，當我們要一顆一顆數的時候，當然是數的出來啊！但是，當我們要表達從事這種『運動』時，你就沒有必要把這個字當可數名詞了，因為這不是你要表達的重點！

因此，就針對『食物 **food**』這個字來說吧！這是一個『不可數名詞』，但是大賣場裡面冷凍食品區的標示牌上面寫著『**Frozen Foods**』所要表達的就是這一區裡面有『許多不同種類』的冷凍食品，可能有冰淇淋、冷凍包子、冷凍水餃、冷凍蔬菜，甚至可能還有冷凍調理包等等的相關產品，所以要將『**food**』這個字以『複數形』出現。

❶ 請寫出正確的用詞（解答P.180）

1. 一公斤牛肉 ☞ ________
2. 一條土司 ☞ ________
3. 一瓶水 ☞ ________
4. 一杯咖啡 ☞ ________
5. 一塊蛋糕 ☞ ________
6. 一碗飯 ☞ ________
7. 一張紙 ☞ ________
8. 一則新聞 ☞ ________
9. 一片比薩 ☞ ________
10. 一副眼鏡 ☞ ________

❷ 請寫出正確的翻譯（解答P.181）

1. 林先生和林太太是夫妻。

☞ ____

☞ ____

2. 伯朗先生和瑪麗是師生關係。

☞ ____

☞ ____

只要『可數』就要『交代清楚』

講完了不可數名詞，那也應該要來講一下『可數名詞』。基本上可數名詞包括『普通名詞』和『集合名詞』，幫你分類一下囉：

（一）普通名詞

指的是可以清楚計算出單數或複數的名詞，下面舉例說明：

boy、**girl**、**man**、**woman**、**book**

『男孩』、『女孩』、『男人』、『女人』、『書本』

pencil、**eraser**

『鉛筆』、『橡皮擦』

car、**bicycle**、**train**、**airplane**、**window**、**door**

『汽車』、『腳踏車』、『火車』、『飛機』、『窗戶』、『門』

（二）集合名詞

指的是具有「團體性人數」的名詞。而且此種單字之特性是

☞ 單數形式，複數意義。

class、**family**、**people**

『班上的人』、『家人』、『人們』

看完上面的描述，相信你對『可數名詞』大概有了一個基本的認識，而且還一定會有人把頭抬得高高的，然後心裡想著『拜託，那麼簡單的觀念還要講喔！』。但是，你可能不知道根據老師的經驗有超過90%的學生，甚至還有超過50%的老師都曾被這一題打敗過！不屑嗎？那來試一下吧：

（　）A : Are you Chinese?

B : Yes, ________.

(A) I am　(B) you are　(C) we are　(D) they are

想清楚了嗎？要不要再考慮一下？正確答案是（C）， 有沒有傻眼？！我相信一定有一堆人選（A）這個答案。在這一題當中問的是『你們是中國人嗎？』看不出來為什麼嗎？因為，如果是問『你是中國人嗎？』英文應該寫成『Are you a Chinese?』，而Chinese這個單字是個所謂的『集合名詞』，一個『單、複數同形』的字眼，也就是說如果你想表達的是『一個中國人』時，那你就必須交代清楚為『a Chinese』！通常錯這種題目的學生都會自己解讀為粗心罷了！但事實上是因為很多台灣學生在學文法的時候並沒有真的懂了！多半都只是停留在懂得使用的方法，而不是真的懂得『為什麼』！因此，在名詞的判斷裡只要懂得『只要可數，就要交代清楚』這個道理，那就一切搞定了！

打鐵要趁熱，趁你懂得這個道理，我們再來看下面這個例子：

例一：摩托車比腳踏車快。

☞ **A motorcycle is faster than a bicycle.**

☞ **Motorcycles are faster than bicycles.**

☞ **The motorcycle is faster than the bicycle.**

在這個句子裡面，你只是想單純地表達『摩托車比腳踏車快』這樣一個意念，可是並沒有強調幾台摩托車比幾台腳踏車快。因此，你會發現既然是『只要可數，就要交代清楚』，所以不管是用『單數形』還是『複數形』，又亦或是『定冠詞』，都可以清楚地表達該句的意思。

例二：琳達正在看書。

☞ **Linda is reading book.** （**X**）

☞ **Linda is reading a book.** （**O**）

☞ **Linda is reading books.** （**O**）

中文的表達對於數量是不太著墨的，也就是說當我們要表達『看書』這個意境的時候，在中文裡面是不需要強調數量的！但是，在英文的敘述裡面卻一定要記得『只要可數，就要交代清楚』！因此，在本句中『書』的表達要嘛用『**a book**』，不然就要用『**books**』，絕對不可以就擺個『**book**』就以為沒事了，瞭解了嗎？

例三：王先生是個老師兼醫生。

☞ **Mr. Wang is a teacher and a doctor.** （**X**）

☞ **Mr. Wang is a teacher and doctor.** （**O**）

既然王先生是個『老師兼醫生』，就表示雖然王先生具有『兩個身分』，但是還是只有『一個人』！因此，**a** 這個冠詞想當然爾就只能用一次啊！如果用了兩次 **a** 這個冠詞，那就代表是『兩個人』！

從以上的三個例子就可以看得出來，名詞的使用不僅僅只是純粹地判斷可數亦或是不可數而已，更要在單、複數之中做好清楚的拿捏，才能夠將英文句子的語意精準地表達出來！

❶ 請寫出表格中單字正確的複數形（解答P.181）

單數形	複數形	
1. fish	☞ ______________	魚
2. deer	☞ ______________	鹿
3. reindeer	☞ ______________	麋鹿
4. sheep	☞ ______________	綿羊
5. Chinese	☞ ______________	中國人
6. Japanese	☞ ______________	日本人

❷ 請寫出正確的翻譯（解答P.181~182）

1. 長頸鹿很高。

☞ ______________________________

2. 大象很重。

☞ ______________________________

3. 林小姐是個護士兼歌手。

☞ ______________________________

4. 林小姐是個護士，而王先生是個老師。

☞ ______________________________

Chapter 6

句子怎樣連接？

Topic 01
『對等連接』還是『從屬連接』

Topic 02
如何清楚地區分『名詞子句』

Topic 03
如何清楚地區分『形容詞子句』

Topic 04
如何清楚地區分『副詞子句』

『對等連接』還是『從屬連接』

很多學生對於英文句子的連接通常是馬馬虎虎的，殊不知在英文句子當中，連接是一個非常重要的一環！連錯了，就是hold不住了，不是只有句子寫錯而已，甚至意思可能都會落差個十萬八千里！但是我們卻經常看到許多人在英文的寫作中，出現了許多非常『台客式』的本土化連接情況，甚至學了好幾年的英文卻連一些最基本的連接都不懂！比如說：

Although Tom is very tall, but he can't play basketball.　（X）

這一句的中文說『雖然湯姆長得很高，但是他卻不會打籃球。』乍看之下好像沒什麼大問題，但是事實上卻犯了一個文法上的大問題。但是，為什麼『 Although Tom is very tall, but he can't play basketball.』這個句子是錯的？可能有很多老師都會叫學生背這樣的口訣：有『雖然』就沒有『但是』，然後再補一句：有『因為』就不會有『所以』』。相信你有背了，但是考試的時候就給他忘記了，不是嗎？ 事實上，這個問題如果你沒有真正搞懂它，那你的英文可能就很難再晉級了，那我們現在就來幫你解一下惑吧！

英文句子的連接就好比兩個人站在一起比身高一樣，當你比完身高一定只會有兩種答案，那就是：一高一矮！不然就是兩個一樣高。而就如同這樣的道理，兩個句子的連接一定也是只有可能出現兩種結構，要嘛『一大一小』不然就是『兩個一樣大』！在英文的文法中，我們就稱之為『從屬連接』及『對等連接』。

所謂的『對等連接』顧名思義就是前後句的地位是相等的，是不分大小的！因此，就沒有分出哪一句是『母句』或是『子句』。我們常見到的『對等連接詞』有and、or、so、but 等等。換句話說，只要句子裡面有了這些連接詞，那麼前後句的結構就是一樣大的。而這裡面有一個常常被台灣的老師以及同學們誤會的字就是『but』這個字。怎麼說誤會它呢？我們就舉一個2010年在全亞洲暴紅的韓國女子團體Wonder Girls 專輯中的 Nobody 這首歌為例，你還記得怎麼唱嗎？幸好我還記得是這麼唱的：『 ...... I want nobody nobody but you...... 』這首歌當時紅到大街小巷都聽得到，打開電視或是電台聽到的也都是這首歌。那你真的知道這句歌詞的意思嗎？在學校裡教的 but 都是解釋成『但是』，難不成你要把這句翻譯成『我要沒有人但是你』嗎？那就真的太搞笑了。其實，我們都誤會了『but』這個字了，這個字真正的含意是代表『對比』的意味，比如說：

I am tall, but he is short. 『我很高，但是他很矮。』

這句話就是要表達『高』跟『矮』之間的對比關係啊。又比如說：

I want nobody but you. 『除了你，我誰都不要。』

這句話就是拿『你』跟『別人』來做對照，除了『你』以外，我『誰都不要』！因此，我們就可以延伸地再來舉一個很多人常常搞錯用法的文法為例，『 not only ~ but also ~ 』這個文法中有一個特定的考法，常常讓學生都拿不太到分數，因為許多老師在教這個文法時都會在黑板上寫著：

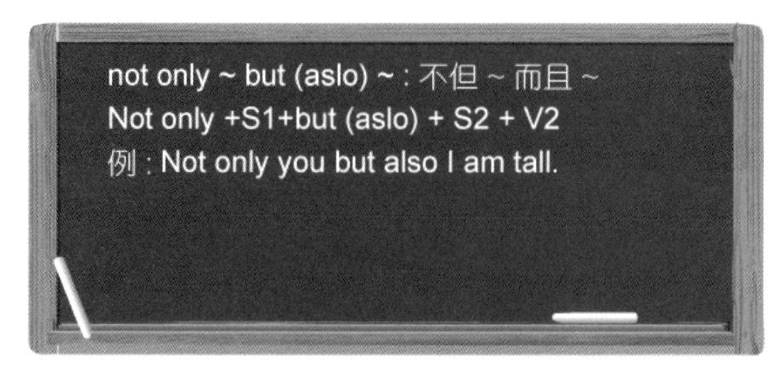

然後就會跟你強調：『 not only ~ but also ~ 拿來連接主詞的時候，動詞要選擇後面的那一個』，我絕對相信你聽懂了，而考試時這個題目有拿到分數的同學應該都是因為這種題目做多了所以答對了，不是嗎？！其實，只要你能懂得去瞭解『 but 』這個字是一種『對比』，你就能清楚地知道『Not only you but also I am tall. 』這句話裡面是把『 you 』和『 I 』這兩個主詞拿來作對比啊！而當我們把主詞都拿出來比的時候，就意味著你是把整句都拿來比。因此，你當然要保留後面句子的完整性！那也就是為什麼『 not only ~ but also ~ 』拿來連接主詞的時候，動詞要選擇後面的那一個的道理了， 就會像下面這樣的句型囉：

Not only you but also I am tall.

這個道理懂了的人就可以舉一反三地學通許多相類似的觀念了，比如說：

Either you or I am tall.

不是你，就是我長得高。

或者是：

Neither you nor I am tall.

你不高，我也不高。

看到這，有沒有一種心領神會的感覺！因此，只要你懂得『對等連接詞』這種對等的特性，很多文法就會相對地變簡單了！再來，我們就要講一講什麼叫做『從屬連接』。

從屬子句英文叫做 **subordinate clause**，從英文字 **subordinate** 這個字就可以一窺究竟，這個字解釋成『次要的』或是『隸屬的』。因此，我們就可以得知用『從屬連接』的句子結構是『一大一小』，也就是說我們可以將地位不相等的兩句話用『從屬連接詞』把它們連接起來，就會得到一個所謂的『母句』和一個『子句』。就拿本章一開頭舉的例來說，為什麼『**Although Tom is very tall, but he can't play basketball.**』這句是錯的寫法？原理很簡單，你仔細看這個句子的起頭是 **Although** 這個字，這個字就是個『從屬連接詞』！也就是說當你決定要用這個字來作為連接詞使用時，就已經決定了這兩句的地位是不相等的，用 **Although** 開頭的這一句是『從屬子句』，而另一句則是『母句』。但是當你決定用 **but** 這個字來當連接詞使用時，則是叫做『對等連接』。換句話說，就是你認為前後這兩句的地位是相當的。那既然是相當的，想當然爾就不會有所謂的『母句』或『子句』的區分了！那這時重點就來了，如果你寫成：

Although Tom is very tall, but he can't play basketball. （X）

這樣的寫法，那你就是欺騙社會了。因為用了『**Although**』就是擺明著要一大一小地連接，而用了『**but**』就是要讓兩邊的句子地位一樣大，那你到底是要哪一種？你就一定要事先決定好了。以此類推，這跟為什麼英文老師會告訴你：有『因為』就不會有『所以』的道理一樣啊！『因為**because**』引導出的句子叫做『從屬子句』，而『所以**so**』引導出的句子叫做『對等連接句』。因此，你也是一樣要先決定好要以什麼樣的方式來做連接，才不會又再一次欺騙社會。舉個例吧：

☞ **Because Tom is very tall, so he can play basketball well.**（**X**）

☞ **Because Tom is very tall, he can play basketball well.**（**O**）

☞ **Tom is very tall, so he can play basketball well.**（**O**）

（因為湯姆長得很高，所以他籃球打得不錯。）

請填入正確答案（解答P.182~183）

1. (　) Not only you but also he __________ , but you are OK now.

   (A) got hurt　(B) were hurt

   (C) hurt　(D) hurted

2. (　) We not only visited the park __________ took a hot spring bath there.

   (A) and also　(B) and then

   (C) but also　(D) besides

3. (　) Not only you but also Frank __________ hiking.

   (A) enjoys going　(B) enjoy going

   (C) enjoy to go　(D) enjoys to go

4. (　) Neither he nor I __________ interested in the movie.

   (A) is　(B) are　(C) am　(D) will

5. (　) She __________ when she was young.

   (A) liked neither singing nor go shopping

   (B) likes neither dancing nor singing

   (C) neither liked dancing nor singing

   (D) liked neither dancing nor going shopping

6. (　　) I guess __________ the bag or the purse is Emily's.

(A) both　　(B) neither

(C) not only　　(D) either

7. (　　) Either beef noodles or fried chicken __________ fine with me.

(A) are　　(B) has

(C) is　　(D) have

8. (　　) His right leg was broken, so he can __________ run __________ jump now.

(A) both ; and　　(B) neither ; nor

(C) not only ; but also　　(D) either ; or

9. (　　) ________ you ________ Diana are my good friends.

(A) Either ; or　　(B) Neither ; nor

(C) Both ; and　　(D) Not only ; but also

10. (　　) Either you or Mr. Brown __________ to watch baseball games now.

(A) like　　(B) likes

(C) liked　　(D) is liking

如何清楚地區分『名詞子句』

上一章講到了一個叫做『子句』的觀念，那你知不知道英文裡有幾種『子句』？那會不會區分『子句』的種類？還有懂不懂得『子句』之間的異同？那就請你看下去吧！英文的從屬子句大致上可分成三種：

1. 名詞子句

2. 形容詞子句

3. 副詞子句

所謂的名詞子句，就是一個拿來當成『名詞』的子句，那名詞可以拿來幹嘛？很簡單，名詞可以拿來當『主詞』、『受詞』、『補語』及『同位語』。

（一）當主詞用

例：**That the earth is round is true.**

（地球是圓的是真的。）

在這個句子裡面要表達的是『地球是圓的』這件事是真的！在這裡就是把『地球是圓的』這一句話當成一個『主詞』，也就是說 **That the earth is round** 這一句話是拿來當作主詞用的『名詞子句』。

（二）當受詞用

例：**I don't know whether Tom is a good boy or not.**

（我不曉得湯姆是不是個好孩子。）

在這個句子裡要表達的『湯姆是不是個好孩子』這件事是我不知道的！也就是把『湯姆是不是個好孩子』這一句話當成一個『受詞』，也就是說 **whether Tom is a good boy or not** 這一句話是拿來當作受詞用的『名詞子句』。

（三）當補語用

例：**The problem is that he is over-reacting.**

（問題是他反應過度了。）

在這個句子裡面要表達的『問題』就是『他反應過度了』！在這裡就是把『他反應過度了』這一句話拿來作主詞『補語』，也就是說 **that he is over-reacting** 這一句話是拿來當作補語用的『名詞子句』。

（四）當同位語用

例：**The truth that he passed the exam is surprising.**

（他通過考試這個事實真是令人驚訝。）

在這個句子裡面要表達的是『這個事實』真是令人驚訝，什麼事實呢？就是在講『他通過考試』這個事實真是令人訝異！因此，在這裡就是把『他通過考試』這一句話當作等同於『同位語』，也就是說 **that he passed the exam** 這一句話是拿來當作同位語用的『名詞子句』。

請寫出正確的句子（解答P.184）

1. 條條大路通羅馬是對的。

【虛主詞 : It】＿＿＿＿＿＿＿＿＿＿＿＿＿＿＿＿＿＿＿＿

【That】＿＿＿＿＿＿＿＿＿＿＿＿＿＿＿＿＿＿＿＿

2. 彼得昨天告訴我的真是驚人。

【What】＿＿＿＿＿＿＿＿＿＿＿＿＿＿＿＿＿＿＿＿

3. 大家都知道條條大路通羅馬。

☞＿＿＿＿＿＿＿＿＿＿＿＿＿＿＿＿＿＿＿＿

4. 媽媽不知道彼得昨天告訴我們的事情。

☞＿＿＿＿＿＿＿＿＿＿＿＿＿＿＿＿＿＿＿＿

5. 驚人的是他們贏得了這場球賽。

☞＿＿＿＿＿＿＿＿＿＿＿＿＿＿＿＿＿＿＿＿

6. 那就是湯姆想要買的。

☞＿＿＿＿＿＿＿＿＿＿＿＿＿＿＿＿＿＿＿＿

如何清楚地區分『形容詞子句』

所謂的形容詞子句，顧名思義就是一個拿來當成『形容詞』的子句，那形容詞我們從前幾章就可以知道是拿來描述狀態，而通常形容詞都會拿來修飾名詞。因此，就是要把這種子句拿來作為描述前方的那一個名詞。而這種句子的特性就很像一種叫做『鱉』的動物，你知道這種動物有什麼特性嗎？這種動物基本上只要咬住獵物，大概就不會放了！就像劉子千的暴紅歌曲『唸你』一樣：我的字典裡沒有放棄，因為已『鎖定』你！也就是說，『形容詞子句』只要鎖定了前方的名詞，就會咬住不放，絕對不輕言放棄！我們就來看幾個例子吧：

前方被鎖定的是『人』的時候

例：**The girl who is playing the piano is my sister.**

（正在彈鋼琴的那個女孩是我妹妹。）

句子裡面描述著有一個『正在彈鋼琴的』的『女孩』是我妹妹！也就是你想像一下可能在現場有很多女生在彈奏樂器，然後你問我：『欸，聽說你老妹很恰北北！是哪一個啊？』，然後你這個不是很有良心的哥哥就用眼角一瞄，不屑地舉起一根指頭一比，說道『就那個啊，就那個正在彈鋼琴的那個女孩是我妹妹。』在這裡就是把『正在彈鋼琴的』這一句話當成一個『形容詞』，用來修飾女孩這個『名詞』。而因為是修飾『人』，所以用『who』這個關係代名詞來鎖定。

前方被鎖定的是『事/物』的時候

例：**We are looking for a bicycle <u>which was stolen yesterday</u>.**

（我們正在找一台昨天被偷走的腳踏車。）

句子裡面想要表達的是我們大家都在尋找一輛『昨天被偷走』的『腳踏車』！也就是說有可能昨天你開開心心地騎了腳踏車跑去網咖奮戰了幾個小時，當你滿面春風地走出網咖，然後你發現你的車竟然不見了，隔天你們全家重回現場要去找車，遇到同學，於是就問你在幹嘛？你很無奈地回答：『喔，我們正在找一台昨天被偷走的腳踏車。』，在這裡就是把『昨天被偷走』的這一句話當成一個『形容詞』，用來修飾『腳踏車』這個名詞。而因為是修飾『事/物』，所以用『**which**』這個關係代名詞來鎖定。

前方被鎖定的同時有『人』＋『事 / 物』，或是遇到『非限定修飾』時

例：**The man and the dog <u>that are sitting on the bench</u> are lonely.**

（坐在凳子上的老人跟狗還蠻寂寞的。）

現在還蠻多獨居老人的，有許多獨居老人因為寂寞，所以可能會養狗當寵物。結果你在秋風瑟瑟的公園裡，看到了『坐在凳子上』的『老人與狗』還蠻寂寞的，因為他們倆凝視著遠方，若有所思地惆悵！真是替他們感到無奈啊！你也感受到他們的寂寞。所以，在這裡就是把『坐在凳子上』的這一句話當成一個『形容詞』，用來修飾『老人與狗』這個名詞。而因為同時修飾『人』和『事/物』，所以只能用『that』這個關係代名詞來鎖定。

❶ 請合併兩個句子（解答P.184~185）

1. Five workers got hurt in the accident.
   The accident happened last night.

☞ ____________________

2. Tom saw a girl.
   The girl played the piano very well.

☞ ____________________

3. The trip was interesting.
   We took the trip last weekend.

☞ ____________________

4. Do you know the teacher?
   They are talking about the teacher.

☞ ____________________

5. The computer can do a lot of things.
   We bought the computer yesterday.

☞ ____________________

❷ **請寫出正確的翻譯（解答P.185~186）**

1. 我們昨天吃的午餐很美味。

☞ ______________________________

____

2. 他們正在談論的男孩是我的表弟。

☞ ______________________________

____

3. 你去年暑假拍的照片看起來都很清楚。

☞ ______________________________

____

4. 咱們就在大學附近的捷運站見面吧。

☞ ______________________________

____

5. 那個留長髮的女孩是我妹妹。

☞ ______________________________

____

Topic 04 如何清楚地區分『副詞子句』

所謂的副詞子句，顧名思義就是一個拿來當成『副詞』的子句，基本上這種句子的結構和名詞子句很像，但是用法卻大不相同。名詞子句是拿來當作『名詞』，用來當作『主詞』、『受詞』、『補語』或是『同位語』使用。但是副詞子句則是副詞類，主要是用來修飾『動詞』、『形容詞』或『副詞』等等，而副詞子句裡面最常見的就是這種『從屬子句』，為了讓你能更瞭解它，就給你幾個例子看看吧：

用來表達『原因』：BECAUSE（因為）

例：帶把傘吧！因為外面天氣陰陰的。

☞ **Bring an umbrella <u>because it is cloudy outside</u>.**

母句　　　　子句

有沒有發現這裡沒有『逗點』，這是因為你非常長幼有序地先寫了『母句』，再寫出『子句』！

= **<u>Because it is cloudy outside</u>, bring an umbrella.**

子句　　　　母句

這裡有『逗點』，則是因為你沒有長幼有序，這一句先寫了『子句』，再寫出『母句』，所以要有『逗點』！

 用來表達『時間』：

when / before / after / as soon as

『當～時』/『之前』/『之後』/『一～，就～』

例（1）：當我哥哥回來的時候，我正看電視。

☞ **I was watching TV when my brother came home.**

母句　　　　子句

沒有『逗點』！

＝ **When my brother came home, I was watching TV.**

子句　　　　母句

有『逗點』！

例（2）：湯姆上床睡覺前，都會喝牛奶。

☞ **Tom always drinks milk before he goes to bed.**

母句　　　　子句

沒有『逗點』！　　注意人名與人稱代名詞的順序

＝ **Before Tom goes to bed, he always drinks milk.**

子句　　　　母句

有『逗點』！　　注意人名與人稱代名詞的順序

例（3）：我刷完牙後，絕對不會吃東西。

☞ **I never eat anything <u>after I brush my teeth</u>.**

母句　　　　　　　　　　　　　子句

沒有『逗點』！

= **<u>After I brush my teeth</u>, I never eat anything.**

子句　　　　　　　　　　　　　母句

有『逗點』！

= **<u>After brushing my teeth</u>, I never eat anything.**

當『子句』的主詞與『母句』的主詞重複時，可以將『子句』的主詞刪除，然後變成『分詞』後，就可以成為一個『分詞片語』！

請合併兩個句子（解答P.186~187）

1. I entered the classroom at 7:00.

   I opened my book at 7:01.

   （用 **After** 合併成一句）

☞ ______________________________

____

2. Cathy went jogging at 6:00 this morning.

   Cathy drank milk at 5:30 this morning.

   （用 **after** 合併成一句）

☞ ______________________________

____

3. We went home at 10 p.m.

   We went to many places from 8 p.m. to 9 p.m.

   （用 **before** 合併成一句）

☞ ______________________________

____

4. I called Ted yesterday.

   Ted was watching TV.

   （用 **Ted... when...** 合併句子）

☞ ____

____

5. Mr. Lin cut the cake after he blew out the candles.

   （用 **before** 改寫）

☞ ____

____

Chapter 7

英文跟我這樣學，保證你拿高分

認識英文句型的基本結構

我常常跟學生講英文的句子越長就越好寫！其實原因無他，因為英文的句型基本上一定是一種結構式的組合，就像是樂高積木一樣堆積而成句子。所以要先瞭解英文句子的組成架構和各種詞性之間的相互關係，而組成英文句子最重要的兩個主角就是：『主詞』和『動詞』。不管是多麼複雜的句型，我們必須有能力立刻判斷出誰是這一句的主詞和動詞，其餘的多半是修飾與修辭，也就是說只要我們看到一個句子，立刻將主詞與動詞抓出來，然後將『時間』、『地點』與『對象』往後挪，那英文句型就會立刻成形。就舉幾個例子來講：

例（1）：我打籃球。

I play basketball.

主詞　動詞

我和麥克打籃球。

I play basketball with Mike.

主詞　動詞　對象

我和麥克　打籃球。

I play basketball with Mike .

主詞　動詞　對象　地點

我今天和麥克 打籃球。

I play basketball **with Mike** **today.**

主詞　動詞　對象　地點　時間

例（2）：他買了一枝筆。

He bought a pen.

主詞　動詞

他**和鮑伯**買了一枝筆。

He bought a pen **with Bob.**

主詞　動詞　對象

他**和鮑伯** 買了一枝筆。

He bought a pen **with Bob** .

主詞　動詞　對象　地點

他**當時和鮑伯**買了一枝筆。

He bought a pen **with Bob** **then.**

主詞　動詞　對象　地點　時間

從上面這兩個例句裡面就可以清楚地看出來，不管你碰到的句子看起來有多複雜，基本上一定要先把『主詞』&『動詞』找出來，接下來區分出『對象』、『地點』和『時間』後依序擺放清楚，就能完整地組成一個英文句子。就以『他**當時和鮑伯** 買了一枝筆』這句話來說明：

他 ☞ 主詞❶

當時 ☞ 時間❺

和鮑伯 ☞ 對象❸

在紐約 ☞ 地點❹

買了一枝筆 ☞ 動詞❷

先組合❶+❷：『主詞』+『動詞』

然後加上❸+❹+❺：『對象』+『地點』+『時間』就大功告成了！

請寫出下列的翻譯（解答P.187）

1. 麥可今天和湯瑪仕在學校打棒球。

☞ ______________________________

____

2. 湯姆昨天和瑪麗在一家中國餐館吃晚餐。

☞ ______________________________

____

3. 林小姐上週六和她女兒在圖書館裡看書。

☞ ______________________________

____

4. 潔西卡去年暑假和她的朋友們在英國參觀博物館。

☞ ______________________________

____

5. 王先生明天和他的同事們在體育館要舉辦一個展覽。

☞ ______________________________

____

到底怎麼樣才算主詞

一個英文句子的主詞有許多種可能，但是文法書會告訴你只有『名詞』才能當主詞，也因此造成許多同學們的誤解！所謂的可用來當主詞的可是包羅萬象，舉凡人、事、物、人稱代名詞、指示代名詞、不定代名詞、動名詞、不定詞、甚至到名詞子句等等都可以拿來當主詞，而除了要知道名詞當主詞的概念之外，最令同學們頭痛的可能就是到底怎樣才算是『完整的主詞』，如果沒有搞清楚的話，那可是常常會鬧笑話的。就拿下面這些例子來做示範：

例（1）：桌上的蘋果是紅色的。

The apples on the table **are red.** （**O**）

The apples **are red** on the table. （**X**）

這一句的主詞如果只有寫『蘋果』是不夠的！在這裡，完整的主詞應該是『桌上的蘋果』。當你寫成The apples are red on the table.時，這個句子的語意會變得非常奇怪，會變成『蘋果在桌上時是紅色的』！難不成這張桌子有魔法？！當蘋果放在桌上時是紅色的，拿起來會變成綠色的嗎？！因此，你不能夠將『桌上』當成一種純粹的地點，而應該是一種『後位修飾』，用來說明清楚。也就是說『桌上的蘋果』才是一個完整的主詞。所以這個句子的主詞就應該寫成the apples on the table，如此一來才能正確地表達出該句的真正涵意！

例（2）：（　）One of the most exciting features of modern
（A）
glassmaking are the thousands of formulas that have
（B）　（C）
been developed over the years.
（D）　（單選一錯）【61-專科】

Answer : B，應該更正為 is

這句話的意思是：現代玻璃製造業最令人感到興奮的特色其中之一，就是那些這麼多年以來所研發出數以千計的方程式。這一句的主詞還蠻長的，完整的主詞為 One of the most exciting features of modern glassmaking（現代玻璃製造業最令人感到興奮的特色其中之一）。在這一長串的主詞中，真正的主角是句子的第一個字 One。句子想要表達的是，雖然令人感到興奮的特色有許多，但是這一句只有提到一個，因此後面配合的be動詞就必須使用第三人稱單數用的 is！

例（3）：（　）Bread and butter ________ what he likes best for breakfast.　【66-技術學院】

(A) is　(B) are　(C) being　(D) was

Answer : A

這句話的意思是：奶油麵包是他最喜歡吃的早餐。這一句的主詞叫做Bread and butter（奶油麵包）。這可不是指兩樣不同的食物，這裡指的麵包名稱就叫做『奶油麵包』，因此這個主詞是以單數計算的。

例（4）：Each boy and each girl __________ （have）a pencil.

【54-專科】

Answer : has

這句話的意思是：每個男孩子和女孩子都有鉛筆。從字義上 Each boy and each girl（每個男孩子和女孩子）來看，似乎是有兩個主詞，但是基本上你千萬不要這樣認為這樣就叫做複數。因為這世上不是男孩子就是女孩子，雖然可能會有一些人不認同這樣的講法，但是在英文的應用上，Each boy and each girl 就等同於 Everyone（每一個人），因此這樣的主詞也是要以單數來計算。

例（5）：（　）The old house with all its beautiful furniture and pictures _____________.

(A) have sold　　(B) have been sold

(C) has sold　　(D) has been sold

【68-技術學院】

Answer : D

這句話的意思是：這棟老房子還有裡面所有漂亮的傢俱和圖畫都被賣掉了。雖然在這個句子裡的主詞為 The old house with all its beautiful furniture and pictures（這棟老房子還有裡面所有漂亮的傢俱和圖畫），但是 with all its beautiful furniture and pictures 代表的是這些傢俱和圖畫都是房子的附屬品，真正的主角只有The old house（這棟老房子）。因此，主詞仍然要以單數來計算。

習題

請寫出正確的答案（解答P.188~189）

1.（　　）The mother as well as the children ________ ill.

【57-專科】

(A) very　(B) no　(C)　are　(D) is

2.（　　）________ is always smiling.　【59-專科】

(A) His face　　(B) He

(C) His cheeks　　(D) On his face

3.（　　）Different (A) types of strength is (B) needed for (C) different vocations (D).　（選錯的）【60-專科】

4.（　　）"How much do you need?"　"Ten pounds ________ enough."　【61-專科】

(A) are　　(B) is

(C) has been　　(D) have been

5.（　　）________ the bad news made him cry.　【62-專科】

(A) Hear　　(B) Heard

(C) Hearing　　(D) Is hearing

6. (　　) Taking pictures __________ very interesting.

【65-師大工教】

(A) is　　(B) are

(C) to be　　(D) be

7. (　　) Collecting stamps __________ a good hobby.

【66-師大工教】

(A) is　　(B) are

(C) to be　　(D) be

8. (　　) Each boy and each girl __________ to look nice.

【68-技術學院】

(A) wants　　(B) want

(C) are wanting　　(D) have

虛主詞是蝦咪東西

你一定還蠻常聽到『虛主詞』這種東西的！就讓我們一起來看看蝦咪是『虛主詞』吧！一起來看一下例句：

例：聽英文歌曲很有趣。

1. Listening to English songs **is** interesting.

2. To listen to English songs **is** interesting.

3. It **is** interesting to listen to English songs.

在這個句子裡說明著有一件事很有趣，這件事就是『聽英文歌曲』。在前幾節裡面就有跟同學們提過，基本上主詞必須是一個『名詞』，但是這裡怎麼看都怪怪的，因為『聽』英文歌曲這個主詞明明就是一個『動詞』，怎麼輪也輪不到動詞來當主詞啊！是的，這種觀察力非常好，順便提一下英文一共有十大詞性，分別是名詞、代名詞、動詞、助動詞、形容詞、副詞、連接詞、介系詞、冠詞和讚嘆詞。可是能夠拿來當主詞的卻只有名詞和代名詞，說真的那怎麼夠用呢？！俗語說：『山不轉路轉，路不轉人轉』，天無絕人之路，總會有解決的方法啊。因此，英文裡就有一個變通的方法就叫做『動名詞』，顧名思義就是把動詞變成名詞。只要在動詞的後方＋ing就可以變成了動名詞，那就很神奇地可以拿來當作主詞用了。所以當我們來看這一句時，就可以看出端倪：

（1） Listening to English songs **is** interesting.

主詞

而且同學你有沒有發現這個句子的動詞用的是 is，或許你會有一些疑問說，前方的English songs（英文歌曲）用的是複數，為什麼動詞卻是用 is，其實如果你有注意的話就會發現，不管你聽幾首歌，基本上聽歌就是一件事，所以仍然要以單數的主詞來計算。

（2） **To listen to English songs** **is** interesting.

主詞

第二句和第一句的唯一差別就在於原來用來當主詞的『動名詞』變成了『不定詞』，這就要提到英文文法中的共通性了。一個英文句子基本上是可以有無限多個動詞的，但是主要的動詞只會有一個。換句話說，當一個句子出現第二個以上的動詞時就要談所謂的動詞連接了。基於『同性相斥、異性相吸』的原理，兩個動詞的相遇一定會有所衝突，因此就會有兩種最基本的連接方式，一種叫『動名詞』；另一種叫做『不定詞』：

V ＋ Ving『動名詞』
＝ V ＋ to V『不定詞』

而文法的共通性就應用於此，既然動詞用『動名詞』連接等同於『不定詞』連接，那拿來當主詞用的『動名詞』也就應該可以換成『不定詞』囉！

（3） **It** **is** interesting **to listen** to English songs.

而這一句用 It 來開頭的句型就是我們常講的『虛主詞』，所謂的『虛』顧名思義就是『假』！也就是說我們可以用一個假的主詞來取代真正的主詞！那為什麼好好的主詞不用，卻要用一個假的來替代呢？原理其實很簡單，既然英文是一種積木語言，那當我們把主詞搞得太過於複雜時，會讓人搞不清楚主詞是什麼，也造成這個句子抓不到重點。尤其是當我們用一個『動作』或『行為』來當主詞時，常常會造成主詞通常過於冗長，說難聽一點，可能氣不夠的話還真的無法一口氣唸完該句的主詞。因此，此時就可以用 It 來取代整個冗長的主詞，然後將整個原來的主詞，以『不定詞』的形式放到句子的最後方當成一種『補語』，讓整個句子一開始就能清楚地敘述完句子的語意，然後再由後面這個用不定詞組成的補語來補充說明真正的主詞，這樣子就會是一個很完美的敘述。就拿這個例句而言，當我們用虛主詞來表達『聽英文歌曲是有趣的』，先利用虛主詞簡明扼要的特性，先表達It is interesting（它是有趣的），然後再用to listen to English songs（聽英文歌曲）作為補語，這樣的敘述不僅非常直接，還很清楚明瞭！讓我們再看一次這一句三種標準的寫法：

例：聽英文歌曲很有趣。

（1）**Listening** to English songs is interesting.

↓

（2）**To listen** to English songs is interesting.

↓　　　　↓

（3）**It** is interesting **to listen** to English songs.

請寫出下列的英文句子（解答P.189~190）

1. 去墾丁度假是很棒的。

☞ ______________________________

____

____

2. 每天早上吃早餐是重要的。

☞ ______________________________

____

____

3. 看漫畫書是有趣的。

☞ ______________________________

____

____

4. 每天晚上看電視是無聊的。

☞ ______________________________

____

____

Topic 04 正著寫 vs. 倒著寫

英文的句型中常常會出現有所謂的『倒裝句』，我相信一定讓許多的同學每次遇到這種題目時都會恨得牙癢癢的，因為每次都不是很肯定自己寫的到底是對還是不對！其實英文句型的結構就是那麼一回事而已，先搞定主詞＋動詞，然後再把時間、地點和對象往後一拉，那不就完成了嗎？！倒裝句顧名思義，就是要將原本要放在後面的東西換個位置往前擺，那既然要前後調換，當然就要注意一些小細節，就來一些小例子吧：

例（1）：老師來了。

☞ **The teacher comes here.**

主詞　動詞　地點

☞ **Here comes the teacher.**

地點　動詞　主詞

基本上從上面這兩個英文句子就可以很清楚地看出來，所謂的倒裝句就只是將直述句的句型結構【倒過來寫】，本來是主詞→動詞→地點；換成了地點→動詞→主詞。完全不用任何技巧，就是如此而已！

請將下列的句子改成倒裝句（解答P.190）

1. Miss Chen comes here.

☞ ______________________

____

____

2. The bus comes here.

☞ ______________________

____

____

3. All of the students are here.

☞ ______________________

____

____

不過如果所有的倒裝句都只是換個位置而已，那也沒什麼好談的！既然是倒裝句，就表示要把主詞反過來放，那同學你們就得注意囉！當你的句子裡的主詞是所謂的『人稱代名詞』，就是你們常用的 I（我）、you（你）、he（他）、she（她）、it（它）、we（我們）、you（你們）、they（他們），這些所謂的人稱代名詞都有一個很重要的特質，就是『不清不楚』！這些代名詞的用途就是用來代替某個人或某些事，因此是語焉不詳的。那同學們要想一想，對於一個不清楚的東西怎麼可以隨隨便便就給他換位置呢？！就像是如果有一天你在家門口發現一個不明的紙箱，也不知道裡面裝了什麼，那我猜是沒有人敢隨便把它翻過來的吧！因此，在倒裝句的句型中也有類似的用法，就是當這個句子的主詞是個『人稱代名詞』時，那你只能把地點往前拉，卻不能把主詞和動詞的位置替換掉，看看下面的例子吧：

例（2）：他來了。

☞ **He comes here.**

主詞　動詞　地點

☞ **Here he comes.**

地點　主詞　動詞

從上面這兩個英文句子就可以很清楚地看出來，當這個直述句的主詞是『人稱代名詞』時，倒裝句的寫法就必須是：地點→主詞→動詞。要切記：人稱代名詞不可以倒過來寫！

請將下列的句子改成倒裝句（解答P.190）

1. She comes here.

☞ ______________________________

____

____

2. They come here.

☞ ______________________________

____

____

3. You are here.

☞ ______________________________

____

____

而倒裝句並不只有所謂的地點型倒裝句而已，也有所謂的語氣型倒裝句！那既然講的是語氣型的倒裝句，想必就是要用來『加強語氣』亦或是用來『強調重點』，而這種語氣型的倒裝句用法跟中文還有一點像。比如說有一天爺爺氣急敗壞的問你說，有沒有看到他的老花眼鏡放在哪？他已經找了快半小時卻還是找不到他的老花眼鏡，害得他都無法看報紙。正當你們一堆人急忙要幫他找的時候，卻發現原來眼鏡一直都在爺爺的頭上！爺爺年紀大了，忘了他剛才把眼鏡一推，把眼鏡頂在頭頂上了，難怪他找了半個小時還是找不到。此時，你就又好氣又好笑地對爺爺說：『爺爺，眼鏡不就在您的頭頂上嗎？』真是個大烏龍！這裡你用了『疑問的口氣』來強調眼鏡就硬生生地放在爺爺的頭頂上。因此，在中文裡面我們會用『疑問的口氣』來代表『強調』；相對地，英文何嘗不是呢？！當我們在英文的句型中想要強調 **Never**（從不）/ **Seldom**（很少）/ **Always**（總是）這些用詞時，就可以用『疑問句的形態』來表達『強調』或是『加強語氣』。看看下面的例句喔：

例（1）：我從不遲到。

I am never late.

☞ **Never am I late.**

這個句子裡用的是be動詞，因此當我們要強調**never**（從不）這個用詞時，只要利用be動詞的特性，把be動詞擺在主詞前方就可以形成問句型態的特性，用來表達『從不遲到』的語氣！

例（2）：我從不遲到

I never go to school late.

☞ **Never do I go to school late.**

而在這個句子裡用的是一般動詞，因此當我們要強調**never**（從不）這個用詞時，只要利用助動詞來形成疑問句的型態，用來表達『從不遲到』的語氣！

請將下列句子改為倒裝句（解答P.191）

1. My mom is always right.

☞ ______________________________

____

____

2. We seldom eat chocolate.

☞ ______________________________

____

____

3. He never goes to bed late.

☞ ______________________________

____

____

看到這裡，有沒有發現其實倒裝句也沒什麼難度可言？！只要掌握了句型結構的原理和特性，不管是直述句亦或是倒裝句，同學們你們都可以輕鬆地掌握箇中奧妙喔！

Chapter 8

結語

『知其然，不知其所以然』是學習語言的最大罩門，所以不應該『似懂非懂』更不應該『自以為是』地認為將所有文法或是發音的規則背熟了就代表『懂了』！你一定要瞭解每一個英文的規則裡的真義，除了能夠幫助你更熟悉用法外，更能讓你的英文運用自如。而且語言所代表的是一種文化，一種傳承，更是一種人類智慧的累積。而隨著網路世界的發展，我們現在處的時空環境是人類社會有史以來，最密切也最無國界的一個階段。而根據統計雖然中文（或稱為華語文）是目前全球使用人數最多的語言，但是就普及度而言，英文仍然是獨佔鼇頭！

換句話說，我們實在不應該將英文視為一種歐美語言，反之我們應該將英文視為『國際語言』！就一份最新的研究報告指出，地球上現在有超過六成以上使用英文的人，其母語並非為英文。試想一下，我們絕大部分的人到了不管什麼樣的國家，即便當地講的不是英文，我們一樣是先用英文去做為溝通的工具。一樣的道理，韓國人到了台灣都嘛是用英文溝通，德國人到中國也還是先用英文對談，就連巴西人到了日本還是一樣得說英文一樣。甚至就像王老師曾經教過一班學生全部都是阿公阿嬤級的班級，請王老師教他們出國一定要學會的三句英文，王老師就教了他們這三句：『**How much?**』、『**No,No,No!**』、『**OK,OK!**』。結果你知道他們回來後很興奮的告訴我，他們服用了這三句英文再加上一臺計算機，竟然把曼谷的一家名產店裡的東西用半價全部買光。這應該也算是另類的『為國爭光』啊！重點不在於他們把人家東西用半價買光，而是這些阿公阿嬤們用了英文，走出了國門，也幫他們自己的心跨越了國界，從此有了更開闊的人生，豈不應驗了『人生七十才開始』的古諺嗎？！

而也要提醒目前還在學習階段的同學們，如果你目前正面臨到英文學習的障礙，甚至遇到了所謂的撞牆期，絕對不要害怕更不要氣餒，因為基本上英文是有趣的。前提就在於你千萬不要把英文當作是『一門科目』，而是應該要把它視為『一種語言』。如此一來，你才能領略到英文的趣味與可愛之處，就拿學生們感到最痛苦的一件事『背單字』來講，許多字的起源和相關延伸是有趣的，如果你能正確地找到方法去學習英文，那背單字就會變成一件快樂的事。而當你找到學英文的樂趣時，你會赫然發現原來語言學習的世界是這麼地海闊天空，且充滿樂趣的！

　　冠程老師在這裡祝福每一位準備要學英文的、正在學英文的，還有已經學過英文的大朋友及小朋友們，都能夠在語言學習的過程中，一路上暢行無阻且快樂無比！加油囉！！！

學生感言 1 王俊麒（高雄中學）

從國小五年級至國三畢業這五年的時間，我在冠程老師這裡學了很多。起初我的英文並不好，但自從上了冠程老師的英文課之後程度開始突飛猛進，冠程老師編製的精美講義、超先進的電子白板設備及聽冠程老師說他的團隊耗費許多金錢及精力自行製作的文法動畫，都讓我在英文學習的路上十分順利。

從我開始上冠程老師的課以來，不得不提的是，最先吸引我注意的就是電子白板，冠程老師用心良苦，捨棄傳統的黑板，而引進了電子白板如此先進的設備，為的就是讓我們能更生動地學習英文，電子白板有許多好處，能夠顯示電腦中的畫面並在其上書寫，輕鬆按一個鍵即能清除筆跡，省去教室中瀰漫粉筆灰之苦，也能輔以動畫教學，如此新穎的教學方式令我感覺上課不再枯燥乏味，而充滿樂趣。

當然最重要的還是『老師』，冠程老師的親切，讓我在他的班上課能夠很安心，我也很喜歡冠程老師的上課風格，總是細心地講解原理，從來都不要我們死背公式及文法。就我的看法是：冠程老師注重的是『因』，而不是『果』，這也讓我對學習英文感到輕鬆，也能更深入了解英文並打穩基礎。

跟著冠程老師學英文讓我覺得很幸福，畢業時要離開冠程老師也感到萬分不捨！在冠程老師這裡學習英文的這段時間受了老師很大的照顧，從老師的身上我學到不只是英文，還有人生的道理，所以請容我對您說一句：『老師，謝謝你！』

王俊麒

學生感言 2 艾佳宜（高雄女中）

從國小三年級就開始跟著冠程老師學英文。我從此也對英文產生了濃厚的興趣，對其他的同學而言，上英文課是一件很枯燥乏味的事，但我卻期待每個禮拜要上冠程老師的英文課！上課氣氛歡樂活潑還有老師漂亮的發音及踏實的文法講解，時不時還要穿插一些幽默勵志的小故事，反正每堂課上完就是獲益良多啦！真的是非常感謝冠程老師。嗯，應該說冠程老師是一個很有熱忱、幽默、熱血、特別的老師，文法句構總是講解的十分清晰，還有大量的閱讀、豐富的單字。在長期的淬煉之下，我的英文也打下了良好的基礎，在我國、高中銜接時很快就能步上軌道，讓英文成為我提高分數的一科！冠程老師不但是良師也是益友，滿滿的感謝溢於言表。在學習的路上，冠程老師一直是我心中很重要的一位老師！又讓我回想到當年要考英檢中級，冠程老師也給了我許多意見，讓我能夠順利地高分過關，並順利取得中級英檢證書！冠程老師，謝謝你～～～！

艾佳宜

陳俊夫（國立中山大學海下科技暨應用海洋物理研究所碩士）

求學的路上我碰到過許多英文老師，卻沒有半個能夠像冠程老師一樣這樣地讓我印象深刻的！我記得當時我還是一個不怎麼喜歡讀書的小孩，媽媽幫我找了一堆補習班，我沒有一間能夠讀超過兩個星期的，因為覺得都不適合我。但是冠程老師那種特殊而幽默的教學方式，很適合我，也讓我從此不再尋尋覓覓亂換補習班了，而且一補就是七、八年。

我當時是一個不太會做知識管理的小孩，但是冠程老師常常會把英文的重點歸納並做系統的整理，讓我學英文學得真是輕鬆很多！而且你知道冠程老師最厲害的地方在哪裡嗎？他總是知道我們到底在學校上了半天英文，卻老是搞不懂的點在哪裡！讓我不會繞了遠路卻達不到目的，總是可以讓我用最輕鬆愉快的方式來學好英文，了不起！我常常在想，像是冠程老師這種有相當豐富的教學經驗，和完整的教學內容的老師應該是很難找囉！

此外，冠程老師也很清楚地讓我知道，凡事要一步一腳印，要紮紮實實地去做好每個環節就會有收穫。尤其是在學好英文的這條路上，有很多會讓人挫敗的可能；但是我卻在冠程老師的指導下，從沒放棄。也造就了我今天不管是在英文的學習和其他領域的學習中，都能夠不斷地突破。謝謝冠程老師！

陳俊夫

蘇婉妮（國立政治大學 韓國語文學系）

很多人常常會問：「英文很難吧？」但是其實把英文學好並不難，只是很多人都用錯了方法。語言就像我們人一樣是活的，我們生活會改變，它也會有改變。如果只是想要像數學公式一樣死背，永遠都會很生澀，不知道怎麼活用。一直到了國中，翻開英文課本，硬梆梆的文法模式都把我們綁在一個框架裡，許多老師也都還只是一直在講解所謂的公式與句型，都只要我們背起來就好，但是唯獨冠程老師的教法不一樣！透過冠程老師的剖析和解釋，其實會發現學英文很有趣，就像在學一個國家的文化一樣。

我還記得當年在上冠程老師的英文課時，他用了很多很簡單的原理，讓我對英文的使用方式印象深刻。舉個例而言，最讓我記憶猶新的就是當年我一直搞不懂的文法『假設語氣』，我當時花了很大的力氣還是無法真正理解箇中的原理，沒想到冠程老師一句話：「與事實相反，時態退一格」！這麼簡單的訣竅讓我恍然大悟。我今年就讀政大四年級，我已經學會了包含英文在內總共五種外語。一直以來，我深受冠程老師教學的影響，後來我發現我把冠程老師學習英文的方法，甚至拿來用在學習其他各國語言上，仍然行得通，讓我覺得這真是太了不起了！我相信每一個上過冠程老師英文課的學生都是這麼覺得的！

雖然你們不一定會有機會親自上到冠程老師的英文課，但是我覺得只要你們看過冠程老師寫的這一本『英文就醬學』，你們一定會覺得學英文其實一點都不難。因為冠程老師就是有本事能夠讓每個學生，都快快樂樂地掌握訣竅，輕輕鬆鬆地真正理解英文！因為我就是最好的證明！

李權顯（國立成功大學資源工程學系學士、資源工程研究所碩士）

跟了冠程老師學了七、八年的英文，幾乎涵蓋了我小學和國中時期學習英文的時光。可以肯定的是，冠程老師在我的英語學習生涯中，扮演了啟蒙者的角色，使我爾後在英語學習的路途上，比別人更多具備了一分自信。

冠程老師的上課方式一向生動有趣，對於一個小學生而言，或許難以令其對於補習教育產生好感，但記憶中，小學的我似乎對於冠程老師上課的方式產生了興趣，兒童美語有別於傳統授課式教學，「玩」英語的學習方式使我在國小童心未泯的年紀中，奠定了學英文的基石。

離開國小，開始面對以學校課業成績為主的學習方式後，對於英語的興趣少了幾分，我想這是很多學生都會遇到的現實，無法再凡事以「興趣」作為學習的動力，但此一時期卻是我從冠程老師那邊學習最多的時候，顧及學校課業只是英語學習的一小部分，跟著冠程老師學了好幾年的英文，超越學校的進度是輕而易舉的事情，除了超前進度外，老師也同時補充了很多課外內容，使我們不淪為只會考試的機器。

而我最感謝老師的，是他讓我提升句子的組織能力，教導我用老外的方式去聽說讀寫，免去了台式英語，讓我可以更輕易地抓住文章的重點，更重要的是，我的英文寫作能力大幅提升，老師教導我們用已知的單字流暢地拼湊出想表達的字句，或是用一些比較專業的句子點出文章的亮點等，因此在求學過程中，英文寫作一向是我的強項。

直至現今，英文對我而言已不是一門科目，而是求學研究上必備的能力，雖然已經離開冠程老師許久，但從老師那邊所學到的對於充實英文能力所該具備的心態，真的是受益良多，學英文不是一個科目，也並非一個階段，我很感謝我遇見了冠程老師，讓我學到了面對英文所該具備的態度，讓我縱使離開老師後，也能懷著這種學英文的態度，繼續充實自己。

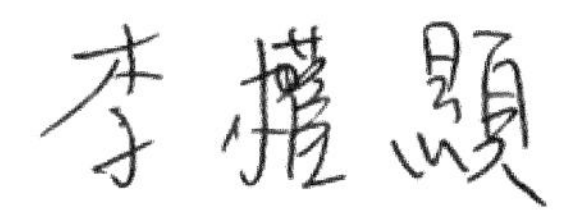

侯承紹

（B.S. in General Engineering, University of Illinois at Urbana Champaign）
（M.S. in Engineering Management, Cornell University）

萬物皆有靈性，英文也不例外，它是活的。死背文法是不可能把英文學好的，想學好英文最好的方法就是把英文融會貫通，並靈活運用。

當年冠程老師的一句話，讓我的人生路開始轉彎，也開啟了我從國中畢業後就留學美國的契機。冠程老師獨特的教學方式，讓我不僅是真正懂了英文的文法，更讓我用最輕鬆的方式來學習英文。冠程老師傳授給我的方法，不但讓我增進了對英語的敏銳度，更是讓我真的對英文有了絕佳的理解能力。也因此，奠定了我在美國留學之路最扎實的基礎！

求學的路上我常在想，到底是方向重要還是努力重要？我覺得是方向，如果方向走錯了，那你再努力也是徒勞無功啊！冠程老師一直都是提供了我學英文最正確的方向，讓我可以用最短的時間把英文學到最好！看了冠程老師這本書之後，讓我一下子把時光拉回到當年，我彷彿從字裡行間中，回到了當年那個笑聲不斷的教室裡。一直都是這樣，好多的英文知識就在冠程老師幽默的解說中，許多艱深的文法就像被施了魔法一般，讓我在不知不覺中就弄懂了。冠程老師，謝謝你。這本書又讓我回憶起了當年青澀的我，還有懵懂的我，想了那些年我們一起在冠程老師英文班的日子，讚！

蔡世麒（花蓮高中、國立台灣大學生物環境系統工程學系）

我一直都覺得，冠程老師的英文教學方法跟別的老師相較之下，是非常特別的。在一個其他老師都還在使用黑板的時代，冠程老師就已經在使用電子白板了。更厲害的是冠程老師的團隊還自己製作教學動畫，不僅讓我們上課的效率提升，更增加了上課的環境品質。

另外，不得不提的是冠程老師的教學方法更是厲害！冠程老師竟然可以在我國三升高一的時期，僅僅用了一個暑假的時間，就將整個高中三年的文法概略的上過一遍，再加上整個暑假大量的閱讀文章，從文章中學習單字，彌補高中單字量跟國中單字量相較之下的不足。等我上高中後，赫然發現課本裡面每一課的文法觀念看起來都是那麼熟悉，所以當別人還在學習新的東西時，我們已經在做第二次甚至第三次的複習了，考試考起來也比較得心應手。

冠程老師的教法並不是屬於傳統那一種『給你東西，你就吃下去』的觀念。冠程老師會將很難的文法，用最簡單的方式讓你『真正地理解，而不是死記』。透過讓每個學生都理解的方式，不管遇到什麼樣的英文句型變化都難不倒我。也因此，讓我在高中三年的英文學習裡一路順暢，也順利地考取了理想的大學。所以，我想藉由這篇感言來表達：冠程老師是個值得推薦的老師，而他寫的書也絕對是一本值得推薦的好書。

蔡世麒

Appendix

附錄解答

請在空格中填入適當的介系詞

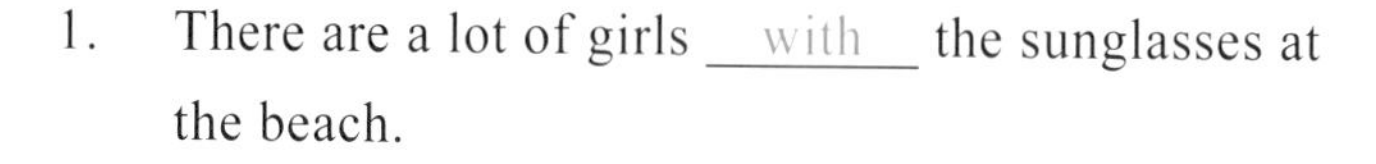

1. There are a lot of girls __with__ the sunglasses at the beach.
2. The boy __in__ the uniform is my son.
3. The kid __in__ a blue jacket is Peter.
4. The girl __with__ the beautiful earrings is my sister.
5. Do you know the guy __in__ the white pants?
6. The handsome man __in__ a T-shirt is Tom Cruise.
7. Jessica is talking to the man __with__ a backpack.
8. Linda is the girl __with__ a scarf on the neck.
9. MIB means the movie "Men __In__ Black."
10. The girl __in__ the red shoes is Lily.

請寫出正確的翻譯

1. 下大雪。

☞ We have a lot of snow.

☞ There is a lot of snow.

☞ It snows a lot.

2. 台北下大雨。

☞ We have a lot of rain in Taipei.

☞ There is a lot of rain in Taipei.

☞ It rains a lot in Taipei.

3. 昨天北京（Beijing）下大雪。

☞ We had a lot of snow in Beijing yesterday.

☞ There was a lot of snow in Beijing yesterday.

☞ It snowed a lot in Beijing yesterday.

4. 明天將要有颱風。

☞ We will have a typhoon tomorrow.

☞ There will be a typhoon tomorrow.

5. 剛才（just now）下了一場陣雨。

☞ We had a shower just now.

☞ There was a shower just now.

請寫出正確的翻譯

1. 聖誕節（Christmas）就要來了。

☞ Christmas is coming.

2. 湯姆要去台北。

☞ Tom is going to Taipei.

3. 我們即將抵達日本。

☞ We are arriving in Japan.

4. 他們即將前往紐約。

☞ They are leaving for New York.

5. 她明天就要回到她的故鄉了。

☞ She is returning to her hometown tomorrow.

請寫出正確的翻譯

1-1. 這個消息驚嚇到了每個人。

☞ The news surprises everyone.

1-2. 每個人都對這個消息感到訝異。

☞ Everyone is surprised at the news.

1-3. 這個消息對每個人而言是令人驚訝的。

☞ The news is surprising to everyone.

2-1. 這次的颱風令我們擔憂。

☞ The typhoon worries us.

2-2. 我們對於這次的颱風感到擔憂。

☞ We are worried about the typhoon.

2-3. 這次的颱風對我們而言是令人擔憂的。

☞ The typhoon is worrying to us.

3-1. 這堂課讓學生們無聊。

☞ The class bores the students.

3-2. 學生們對於這堂課感到無聊。

☞ The students are bored with the class.

3-3. 這堂課對學生們而言是無聊的。

☞ The class is boring to the students.

請寫出正確的翻譯

1. 並非湯姆和彼得都很帥氣。

☞ Both Tom and Peter aren't handsome.

☞ Not both Tom and Peter are handsome.

☞ Either Tom or Peter is handsome.

2. 湯姆和彼得都很帥氣。

☞ Both Tom and Peter are handsome.

3. 湯姆和彼得兩人都不帥氣。

☞ Neither Tom nor Peter is handsome.

4. 並不是愛咪和琳達兩個人都喜歡打籃球。

☞ Both Amy and Linda don't like to play basketball.

☞ Not both Amy and Linda like to play basketball.

☞ Either Amy or Linda likes to play basketball.

5. 愛咪和琳達兩個人都喜歡打籃球。

☞ Both Amy and Linda like to play basketball.

6. 愛咪和琳達兩個人都不喜歡打籃球。

☞ Neither Amy nor Linda likes to play basketball.

請填入正確的回答

1. A : Aren't you a teacher?

（A : 你不是老師嗎？）

B : ___Yes___, I am a teacher.

（B : 不，我是老師。）

2. A : Isn't Tom a doctor?

（A : 湯姆不是醫生嗎？）

B : __No__, he is a nurse.

（B : 是的，他是個護士。）

3. A : Aren't Mr. and Mrs. Lin tall?

（A : 林氏夫婦不高嗎？）

B : __Yes__, they are very tall.

（B : 不，他們很高。）

4. A : Isn't Mr. Brown in Taipei?

（A : 伯朗先生人不是在台北嗎？）

B : __No__, he is in Japan now.

（B : 是啊，他人在日本啊。）

5. A : Isn't Jessica very beautiful?

（A : 潔西卡不是很漂亮嗎？）

B : __Yes__, she is very beautiful.

（B : 不，她還蠻漂亮的。）

請寫出正確的答案

（1）Pearl, Joyce, and Steven are students in summer school. Mr. Green, Miss Chen, and Miss White are their teachers. Look at the poster of their summer school and answer the questions.

【90基測-2-43~45】

Time	Things to do	Place
7:30	Morning call	
8:20 ~ 8:50	Breakfast	Room 522
9:00 ~ 10:50	Bird watching	Ruby Park
11:00 ~ 12:30	Free time Sports : basketball / soccer baseball / softball Music : singing and dancing	The gym (The 1st floor) (The 2nd floor)
12:30 ~ 13:00	Lunch	Room 522
13:30 ~ 15:30	Computer class	Room 101
15:40 ~ 16:40	Swimming	The beach
17:00 ~ 18:00	Dinner	Room 522
18:30 ~ 20:30	TV Time : We Have Only One Earth	The theater
21:00 ~ 21:30	Bath	The bathroom
22:00	Bedtime	

1 Mr. Green : Hi, Pearl. It's time to go to the gym. What do you want to do during the free time?

Pearl : Well, I'm not going to play any ball games. My finger got hurt last time I played softball.

(A) According to the poster, what can Pearl do in the free time?

(A) Go dancing. (B) Play softball.

(C) Go swimming. (D) Play computer games.

2 Miss Chen : Do you want to tell your friends what's happening in summer school?

Joyce : Now? But there's no telephone here.

Miss Chen : You can send them e-mails. Here, I'll show you.

(C) According to the poster, where are Miss Chen and Joyce?

(A) At the beach. (B) In the gym.

(C) In Room 101. (D) In the theater.

3 Miss White : Look at the beautiful sea, Steven, come here! Give me your hand.

Steven : No, I'm afraid of water.

Miss White : Don't worry. I'll be with you all the time. The beach is safe and clean. You'll feel comfortable in the cool water.

(C) According to the poster, when does this dialogue happen?

(A) During the free time. (B) During the bath time.

(C) In the swimming class. (D) In the bird watching class.

(2) Here are the timetable and the price list of Shilla Theater. Look at them and answer the questions.

【90基測-2-30~31】

MOVIE	TIME
The Dead End	11:50 13:50 15:50 17:50
Tina	10:00 12:10 14:30 16:50
Summer Time	11:20 13:20 15:20 17:20
Life Is wonderful	10:00 12:10 14:30 16:40
The Singing Bird	10:30 12:30 14:30 16:30

	Grownups	Children under 12
Mon. ~ Fri.	NT$200	NT$100
Weekend & Holiday	NT$250	NT$150

timetable 時刻表 price list 價格表

（ A ）1. School is over at 5:00 in the afternoon from Monday to Friday.

Which of the following movies can students go to after school?

(A) The Dead End. (B) Tina.

(C) Life Is Wonderful. (D) The Singing Bird.

（ D ）2. John is ten years old. If John's parents take him with them to a movie on Saturday, how much do they have to pay?

(A) NT$ 350. (B) NT$ 400. (C) NT$ 500. (D) NT$ 650.

（3）Read the train timetable and answer the questions.

【90模-1-31~32】

Number / To	No. 588	No. 1102	No. 2101	No. 2503
Keelung		05:15		
Taipei	05:15	06:03	07:10	08:00
Hsinchu	06:32	07:41	08:30	09:15
Taichung	07:52	09:08	10:08	10:20
Chia-I	09:23	10:51	11:49	12:00
Tainan	10:12	11:46	12:38	
Kaohsiung	10:50		13:19	

（ D ）1. Kelly is waiting in Taipei for the train to visit her grandmother in Tainan.

She just missed the 6:03 train. What time will she be in Tainan?

(A) At 07:10. (B) At 10:12. (C) At 11:46. (D) At 12:38.

(C) 2. Shuchen lives in Taipei but her office is in Hsinchu. She has to start working at 9:00 in the morning, but she cannot get up before 6:30.

What train should she take so she won't be late for work?

(A) Train No. 588. (B) Train No. 1102.

(C) Train No. 2101. (D) Train No. 2503.

請寫出每個單字的音標

① bat	② pen	③ fin	④ fox	⑤ bus
[bæt]	[pɛn]	[fɪn]	[fɑks]	[bʌs]
⑥ name	⑦ gene	⑧ bike	⑨ home	⑩ huge
[nem]	[ʤin]	[baɪk]	[hom]	[hjuʤ]
⑪ am	⑫ egg	⑬ in	⑭ on	⑮ up
[æm]	[ɛg]	[ɪn]	[ɑn]	[ʌp]
⑯ late	⑰ he	⑱ hi	⑲ go	⑳ duke
[let]	[hi]	[haɪ]	[go]	[djuk]
㉑ fan	㉒ ten	㉓ pin	㉔ socks	㉕ pump
[fæn]	[tɛn]	[pɪn]	[sɑks]	[pʌmp]
㉖ cake	㉗ we	㉘ dice	㉙ bone	㉚ tube
[kek]	[wi]	[daɪs]	[bon]	[tjub]

❶ 請寫出每個字『現在分詞』的變化

1. **cut**
☞ cutting

2. **dig**
☞ digging

3. **clip**
☞ clipping

4. **hop**
☞ hopping

5. **stop**
☞ stopping

6. **get**
☞ getting

❷ 請回答下列問題

1. standing 有幾個音節？請將音節分出。

Ans : 兩個音節 ☞ 為『 stan 』和『 ding 』

2. Chinese 有幾個音節？請將音節分出。

Ans : 兩個音節 ☞ 為『 Chi 』和『 nese 』

3. curriculum 有幾個音節？請將音節分出。

Ans : 四個音節 ☞ 為『 cur 』、『 ri 』、『 cu 』和『 lum 』

請填入正確答案

1. It __rains__ (rain) very often here in summer. 【58-專科】

2. Whenever I make a mistake, the teacher always __finds__ (find) it. 【59-專科】

3. (D) He eats meat __________. 【64-專科】

(A) now (B) yesterday (C) tomorrow (D) every day

4. （D） I __________ back there every few weeks to see my friends.
【70-師大】

(A) am going (B) had gone (C) would be going (D) go

5. （A） He __________ at home. He's in his office now.
【90基測-模-1】

(A) isn't (B) can't (C) hasn't (D) doesn't

6. （A） Stella is a baseball fan. She __________ more than one hundred pictures of famous baseball players.
【94基測-2-7】

(A) has (B) has been (C) is (D) is having

7. （B） Paul： __________ Shelly's father a businessman?
【94基測-2-15】

Carl：I don't think so. I remember he teaches English.

(A) Are (B) Is (C) Do (D) Does

8. （A） These days Shu-fen always feels tired and bored. There __________ so many tests that Shu-fen cannot relax and do the things she likes. 【95基測-1-22】

(A) are (B) were (C) would be (D) are going to be

9. （A） Learning foreign languages __________ me to know more about other countries. 【96基測-1-12】

(A) helps (B) helping (C) help (D) to help

10. （A） The man got angry and cried out, "You __________ a cold person. I hate you!" 【96基測-1-20】

(A) are (B) were (C) will be (D) would be

請填入正確答案

1. A teacher and doctor __is coming__（come） now.【57-專科】

2. At present Professor Smith __is writing__（write） another book.
【58-專科】

3.（A） Look! Many birds __________ in the sky. 【65-師大】

(A) are flying (B) fly (C) to fly (D) flow

4.（B） Listen! Someone __________ at the door.【66-專科】

(A) knocked (B) is knocking

(C) has knocked (D) will knock

5.（D） "Where is John?" 【70-師大工教】

"He __________ a letter in his room."

(A) write (B) writes (C) wrote (D) is writing

6.（B） Miss Hsieh's love has given me a good example to follow when I __________ my job. I always remember to teach my students by showing them the right ways to do things.

【91基測-1-18】

(A) did (B) am doing (C) have done (D) am going to do

7. 我們即將進入二十一世紀。 【86-大學聯招】

☞ __We are approaching the twenty-first century.__

請填入正確答案

1.（D） For thousands of years, people __________ that no two people have the same fingerprints. 【82-大學聯招】

(A) knew (B) had known (C) know (D) have known

2.（B） It has been many years __________. 【90-大學學測】

(A) when I met an old friend of mine

(B) since I last saw him

(C) still nobody accepted Mary

(D) whether Mary would come or not

3.（C） John：Have you seen my comic books, Jean? 【90基測-模-1】

Jean： __________ on your desk yesterday, but Mom took them away this morning.

(A) They are (B) They had

(C) They were (D) They've been

4.（B） I was hungry, but I didn't eat much. I __________ two kilos in the last two weeks. 【91基測-2-19】

(A) lose (B) have lost

(C) am losing (D) was going to lose

5.（B） But things __________ since we graduated. Daniel can't see me very often because he's got a girlfriend.

【92基測-1-23】

(A) changed (B) have changed

(C) were changing (D) are going to change

6.（D） Bill：Have you ever been to Hong Kong?

Ted：Yes, __________. It's really a fun place to go.

【92基測-2-16】

(A) five days (B) for three years

(C) in one month (D) twice already

7.（D） I sent Lucy two e-mails last week, but she has not answered me __________. 【93基測-1-8】

(A) already (B) also (C) either (D) yet

8.（C） A-kang is in the same class as A-liang.
A-kang __________ English for six years, but he always feels bored in class. 【94基測-模-1】

(A) studies (B) is studying

(C) has studied (D) was studying

9.（C） Ryan：Would you like to play tennis with me?

Dara：No, thanks. __________ it for three hours already. I'm tired now. 【94基測-2-16】

(A) I play (B) I'm playing (C) I've played (D) I'll play

10.（D） Many of my classmates have had the experience of taking an airplane, but I ________. 【96基測-1-6】

(A) don't (B) wasn't (C) won't (D) haven't

11. Have you ever been to Green Lake?【55-大學聯招】

12. The birds have all flown （fly）away. 【62-專科】

13. 你最近有沒有看書？ 【69-技術學院】

Have you read （any） books lately / recently?

14. 我十年前小學畢業以來就沒有再見過她。 【76-夜大】

I have never met / seen her （ever） since I graduated from elementary school ten years ago.

15. 台灣的人口已經超過兩千萬。 【78-夜大】

The population of Taiwan has exceeded twenty million.

請填入正確答案

1.（C） Christine：Dad, I'm hungry. Do we have anything to eat?

Mr. Chen：You can have some bread I ________ from the supermarket. It's on the table. 【90基測-2-17】

(A) am buying (B) to buy (C) bought (D) will buy

2.（A） Slowly, Miss Hsieh washed his hands and told him that he should keep himself clean. She ________ that every day for one month. 【91基測-1-17】

(A) did　　(B) was doing

(C) has done　　(D) was going to do

3.（B）　I __________ taking her to a movie with me once. She kept talking during the movie, and even cried loudly.

【93基測-1-20】

(A) try　(B) tried　(C) will try　(D) am trying

4.（C）　We __________ the movie that night and went home early.

【93基測-2-23】

(A) have not seen　　(B) will not see

(C) did not see　　(D) were not seeing

5.（A）　Ms. Li：Why did you miss the bus?

A-fu：I __________ very hard and went to bed late.

【94基測-2-18】

(A) studied　　(B) am studying

(C) have studied　　(D) will study

6.（C）　At first, my bookstore's business __________ not very good. But now it is doing quite well.　【95基測-1-10】

(A) is　(B) does　(C) was　(D) did

7.（D）　My brother doesn't live with us. He __________ out after he got married.　【95基測-1-14】

(A) has moved　　(B) will move

(C) was moving　　(D) moved

8.（B） Tina __________ hamburgers for lunch every day last week.

【95基測-2-10】

(A) has (B) had (C) has had (D) was having

9.（B） Sam : __________ you have a good time at Mr. Moore's house tonight?

Tom : Yes. It was a wonderful party. I'm glad I went.

【95基測-2-19】

(A) Do (B) Did (C) Will (D) Would

10.（C） All of them __________ quiet for two minutes. Everyone looked serious. 【97基測-2-18】

(A) are (B) have been (C) were (D) would be

請填入正確答案

1. She __was singing__ （sing） in this hall at seven last evening.

【54-專科】

2. The truck __was going__ （go） very fast when it hit our car.

【56-專科】

3. They __were eating__ （eat） dinner when we arrived.

【58-專科】

4. My friends __were singing__ （sing） when I came into the room.

【59-專科】

5. We __were having__ （have） lunch when you called on the phone yesterday. 【70-大學聯招】

6. (D) When we got to the theater, a lot of people __________ there to buy tickets. 【93基測-2-21】

(A) wait (B) have waited

(C) will wait (D) were waiting

7. (C) Betty __________ fake watches when the police came. 【90基測-2-16】

(A) sells (B) is selling

(C) was selling (D) has sold

請填入正確答案

1. Almost everyone __had left__ (leave) for home by the time we arrived. 【56-專科】

2. When we got to the station, the train __had left__ (leave) already. 【58-專科】

3. He __took__ (take) the money though I had asked him not to do so. 【59-專科】

4. His wife told me that he __had left__ (leave) already. 【59-專科】

5. (B) They sang a new song which they __________ before. 【68-技術學院】

(A) did not sing (B) had not sung

(C) sang (D) would have sung

6.（C） He ________ his homework before I came.

【68-專科】

(A) has done　　(B) has been doing

(C) had done　　(D) would have done

請填入正確答案

1.（B） Tom： Jean, ________ to the movies with us tonight?

【90基測-模-1】

Jean：Sorry, I can't. I have an important exam tomorrow.

(A) did you go　　(B) are you going

(C) have you gone　　(D) do you go

2.（D） I'm very excited because Chinese New Year is coming. Mom told me this morning that we ________ grandmother's place for the new year.　　【91基測-2-17】

(A) go to　　(B) went to

(C) have gone to　　(D) are going to

3.（B） Lisa：What ________ this morning?【92基測-2-17】

Tina：Well, it's Sunday. I think I'll go to church with my father.

(A) have you done　　(B) are you going to do

(C) did you do　　(D) were you doing

4. (C)　I'd love to, but I have to take care of my sister Kelly.

My parents ________ home tonight.　【93基測-1-19】

(A) don't be　(B) weren't

(C) won't be　(D) haven't been

請填入正確答案

1. (D)　It __________ when we get to the museum this afternoon.

(A) probably will rain　(B) probably rains

(C) is probably raining　(D) will probably be raining

2. (C)　Please come to the library at 8:00 tomorrow morning,

I __________ there.

(A) will study　(B) am studying

(C) will be studying　(D) read

3. (A)　They __________ the piano at this time tomorrow.

(A) will be playing　(B) will play

(C) plays　(D) played

請填入正確答案

1. I hope it __will have stopped__ (stop) raining by five o'clock.

【59-專科】

2. (A) By next Sunday, you ________ with us for three months.

【65-夜大】

(A) will have stayed (B) will stay

(C) shall stay (D) have stayed

3. (B) By the time you graduate, I ________ here for ten years.

(A) will work (B) shall have worked

(C) will be working (D) have worked

4. (C) It ________ for a week if it does not stop the day after tomorrow.

(A) will rain (B) will be raining

(C) will have rained (D) rains

請填入正確答案

1.（C） By the time you graduate, I shall have been __________ for five years. 【56-專科】

(A) work (B) worked

(C) working (D) to working

2.（B） By the end of this week, __________ for a month exactly. 【70-專科】

(A) I'm traveling (B) I'll have been traveling

(C) I'd be traveling (D) I'll travel

3. I have been working on the problem all day, but it is not solved yet. 【70-大學聯招】

4.（C） He __________ for twelve hours.

(A) sleeps (B) have slept

(C) has been sleeping (D) is sleeping

5.（B） How have you __________ your business these years?

(A) running (B) been running (C) ran (D) runs

6.（D） By the time you graduate, I __________ here for over ten years.

(A) worked (B) am working

(C) has worked (D) shall have been working

單字是可數名詞時請寫 O，不可數名詞則寫 X

① book	② pen	③ food	④ fruit	⑤ bus
[O]	[O]	[X]	[X]	[O]
⑥ meat	⑦ pork	⑧ car	⑨ bike	⑩ wind
[X]	[X]	[O]	[O]	[X]
⑪ salt	⑫ butter	⑬ desk	⑭ bread	⑮ noodle
[X]	[X]	[O]	[X]	[O]
⑯ truck	⑰ rice	⑱ mouse	⑲ tea	⑳ milk
[O]	[X]	[O]	[X]	[X]
㉑ smoke	㉒ boy	㉓ girl	㉔ fire	㉕ water
[X]	[O]	[O]	[X]	[X]
㉖ rain	㉗ time	㉘ watch	㉙ snow	㉚ beauty
[X]	[X]	[O]	[X]	[X]

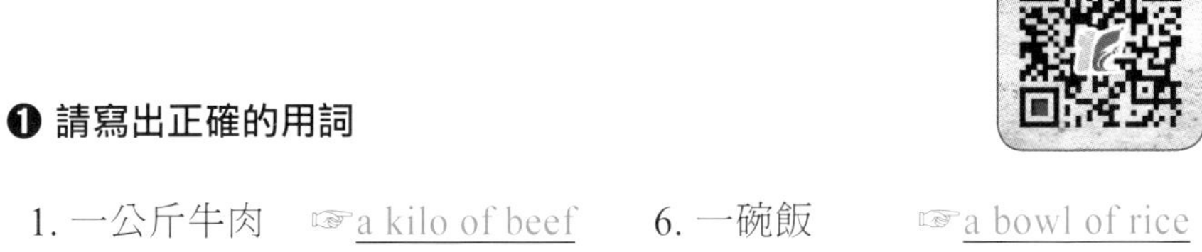

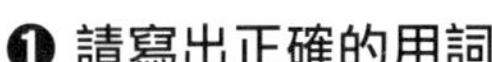

❶ 請寫出正確的用詞

1. 一公斤牛肉 ☞a kilo of beef
2. 一條土司 ☞a loaf of toast
3. 一瓶水 ☞a bottle of water
4. 一杯咖啡 ☞a cup of coffee
5. 一塊蛋糕 ☞a piece of cake
6. 一碗飯 ☞a bowl of rice
7. 一張紙 ☞a piece of paper
8. 一則新聞 ☞a piece of news
9. 一片比薩 ☞a piece of pizza
10. 一副眼鏡 ☞a pair of glasses

❷ **請寫出正確的翻譯**

1. 林先生和林太太是夫妻。

☞ Mr. and Mrs. Lin are husband and wife.

2. 伯朗先生和瑪麗是師生關係。

☞ Mr. Brown and Mary are teacher and student.

❶ **請寫出表格中單字正確的複數形**

單數形	複數形	
1. fish	☞ fish	魚
2. deer	☞ deer	鹿
3. reindeer	☞ reindeer	麋鹿
4. sheep	☞ sheep	綿羊
5. Chinese	☞ Chinese	中國人
6. Japanese	☞ Japanese	日本人

❷ **請寫出正確的翻譯**

1. 長頸鹿很高。

☞ A giraffe is tall.

☞ Giraffes are tall.

☞ The giraffe is tall.

2. 大象很重。

☞ An elephant is heavy.

☞ Elephants are heavy.

☞ The elephant is heavy.

3. 林小姐是個護士兼歌手。

☞ Miss Lin is a nurse and singer.

4. 林小姐是個護士，而王先生是個老師。

☞ Miss Lin is a nurse, and Mr. Wang is a teacher.

請填入正確答案

1.（A） Not only you but also he __________ , but you are OK now.

(A) got hurt (B) were hurt

(C) hurt (D) hurted

2.（C） We not only visited the park __________ took a hot spring bath there.

(A) and also (B) and then

(C) but also (D) besides

3.（A） Not only you but also Frank __________ hiking.

(A) enjoys going (B) enjoy going

(C) enjoy to go (D) enjoys to go

4.（C） Neither he nor I __________ interested in the movie.

(A) is (B) are (C) am (D) will

5. (D)　She __________ when she was young.

(A) liked neither singing nor go shopping

(B) likes neither dancing nor singing

(C) neither liked dancing nor singing

(D) liked neither dancing nor going shopping

6. (D)　I guess __________ the bag or the purse is Emily's.

(A) both　(B) neither

(C) not only　(D) either

7. (C)　Either beef noodles or fried chicken __________ fine with me.

(A) are　(B) has

(C) is　(D) have

8. (B)　His right leg was broken, so he can __________ run __________ jump now.

(A) both ; and　(B) neither ; nor

(C) not only ; but also　(D) either ; or

9. (C)　________ you ________ Diana are my good friends.

(A) Either ; or　(B) Neither ; nor

(C) Both ; and　(D) Not only ; but also

10. (B)　Either you or Mr. Brown __________ to watch baseball games now.

(A) like　(B) likes

(C) liked　(D) is liking

請寫出正確的句子

1. 條條大路通羅馬是對的。

【虛主詞：**It**】 It is correct that every road leads to Rome.

【**That**】 That every road leads to Rome is correct.

2. 彼得昨天告訴我的真是驚人。

【**What**】 What Peter told me yesterday is amazing.

3. 大家都知道條條大路通羅馬。

☞ Everyone knows that every road leads to Rome.

4. 媽媽不知道彼得昨天告訴我們的事情。

☞ Mom doesn't know what Peter told us yesterday.

5. 驚人的是他們贏得了這場球賽。

☞ The amazing thing is that they won the ball game.

6. 那就是湯姆想要買的。

☞ That is what Tom wants to buy.

❶ 請合併兩個句子

1. Five workers got hurt in the accident.

   The accident happened last night.

☞ Five workers got hurt in the accident which / that happened last night.

2. Tom saw a girl.

The girl played the piano very well.

☞ Tom saw a girl who / that played the piano very well.

3. The trip was interesting.

We took the trip last weekend.

☞ The trip which / that / X we took last weekend was interesting.

4. Do you know the teacher?

They are talking about the teacher.

☞ Do you know the teacher whom / that / X they are talking about?

5. The computer can do a lot of things.

We bought the computer yesterday.

☞ The computer which / that / X we bought yesterday can do a lot of things.

❷ 請寫出正確的翻譯

1. 我們昨天吃的午餐很美味。

☞ The lunch which / that / X we ate yesterday was delicious.

2. 他們正在談論的男孩是我的表弟。

☞ The boy whom / that / X they are talking about is my cousin.

3. 你去年暑假拍的照片看起來都很清楚。

☞ The pictures which / that / X you took last summer vacation look very clear.

4. 咱們就在大學附近的捷運站見面吧。

☞ Let's meet at the MRT station which / that is near the university.

5. 那個留長髮的女孩是我妹妹。

☞ The girl who / that has long hair is my sister.

請合併兩個句子

1. I entered the classroom at 7:00.

   I opened my book at 7:01.

   （用 **After** 合併成一句）

☞ After I entered the classroom, I opened my book.

2. Cathy went jogging at 6:00 this morning.

   Cathy drank milk at 5:30 this morning.

   （用 **after** 合併成一句）

☞ Cathy went jogging after she drank milk this morning.

= Cathy went jogging after drinking milk this morning.

3. We went home at 10 p.m.

   We went to many places from 8 p.m. to 9 p.m.

   （用 **before** 合併成一句）

☞ We went to many places before we went home.

= We went to many places before going home.

4. I called Ted yesterday.

Ted was watching TV.

（用 **Ted... when...** 合併句子）

☞ Ted was watching TV when I called him yesterday.

5. Mr. Lin cut the cake after he blew out the candles.

（用 **before** 改寫）

☞ Mr. Lin blew out the candles before he cut the cake.

= Mr. Lin blew out the candles before cutting the cake.

請寫出下列的翻譯

1. 麥可今天和湯瑪仕在學校打棒球。

☞ Michael plays baseball with Thomas in the school today.

2. 湯姆昨天和瑪麗在一家中國餐館吃晚餐。

☞ Tom ate dinner with Mary in a Chinese restaurant yesterday.

3. 林小姐上週六和她女兒在圖書館裡看書。

☞ Miss Lin read books with her daughter in the library last Saturday.

4. 潔西卡去年暑假和她的朋友們在英國參觀博物館。

☞ Jessica visited a museum with her friends in the UK last summer vacation.

5. 王先生明天和他的同事們在體育館要舉辦一個展覽。

☞ Mr. Wang will hold a fair with his coworkers in the gym tomorrow.

請填入正確答案

1.（D） The mother as well as the children __________ ill.

【57-專科】

(A) very (B) no (C) are (D) is

2.（B） __________ is always smiling. 【59-專科】

(A) His face (B) He

(C) His cheeks (D) On his face

3.（B） Different types of strength is needed for different vocations.
(A) Different (B) is (C) for (D) vocations
（選錯的）【60-專科】

4.（B） "How much do you need?" "Ten pounds __________ enough."

【61-專科】

(A) are (B) is

(C) has been (D) have been

5.（C） __________ the bad news made him cry. 【62-專科】

(A) Hear (B) Heard

(C) Hearing (D) Is hearing

6.（A） Taking pictures __________ very interesting.

【65-師大工教】

(A) is (B) are

(C) to be (D) be

7. (A)　Collecting stamps ________ a good hobby.

【66-師大工教】

(A) is　　(B) are

(C) to be　　(D) be

8. (A)　Each boy and each girl ________ to look nice.

【68-技術學院】

(A) wants　　(B) want

(C) are wanting　　(D) have

請寫出下列的英文句子

1. 去墾丁度假是很棒的。

☞ Taking a trip to Kenting is wonderful.

To take a trip to Kenting is wonderful.

It is wonderful to take a trip to Kenting.

2. 每天早上吃早餐是重要的。

☞ Eating breakfast every morning is important.

To eat breakfast every morning is important.

It is important to eat breakfast every morning.

3. 看漫畫書是有趣的。

☞ Reading comic books is interesting.

To read comic books is interesting.

It is interesting to read comic books.

4. 每天晚上看電視是無聊的。

☞ Watching TV every evening is boring.

To watch TV every evening is boring.

It is boring to watch TV every evening.

請將下列的句子改成倒裝句

1. Miss Chen comes here.

☞ Here comes Miss Chen.

2. The bus comes here.

☞ Here comes the bus.

3. All of the students are here.

☞ Here are all of the students.

請將下列的句子改成倒裝句

1. She comes here.

☞ Here she comes.

2. They come here.

☞ Here they come.

3. You are here.

☞ Here you are.

請將下列的句子改成倒裝句

1. My mom is always right.

☞ Always is my mom right.

2. We seldom eat chocolate.

☞ Seldom do we eat chocolate.

3. He never goes to bed late.

☞ Never does he go to bed late.

讀者回函

讀者回函

GIVE US A PIECE OF YOUR MIND

感謝您購買本公司出版的書，您的意見對我們非常重要！由於您寶貴的建議，我們才得以不斷地推陳出新，繼續出版更實用、精緻的圖書。因此，請填妥下列資料(也可直接貼上名片)，寄回本公司(免貼郵票)，您將不定期收到最新的圖書資料！

購買書號： **書名：**

姓　　名：＿＿＿＿＿＿＿＿

職　　業：□上班族　□教師　□學生　□工程師　□其它

學　　歷：□研究所　□大學　□專科　□高中職　□其它

年　　齡：□ 10~20　□ 20~30　□ 30~40　□ 40~50　□ 50~

單　　位：＿＿＿＿＿＿＿＿ 部門科系：＿＿＿＿＿＿＿＿

職　　稱：＿＿＿＿＿＿＿＿ 聯絡電話：＿＿＿＿＿＿＿＿

電子郵件：＿＿＿＿＿＿＿＿

通訊住址：□□□ ＿＿＿＿＿＿＿＿

您從何處購買此書：

□書局＿＿＿＿　□電腦店＿＿＿＿　□展覽＿＿＿＿　□其他＿＿＿＿

您覺得本書的品質：

內容方面：	□很好	□好	□尚可	□差
排版方面：	□很好	□好	□尚可	□差
印刷方面：	□很好	□好	□尚可	□差
紙張方面：	□很好	□好	□尚可	□差

您最喜歡本書的地方：＿＿＿＿＿＿＿＿

您最不喜歡本書的地方：＿＿＿＿＿＿＿＿

假如請您對本書評分，您會給(0~100分)：＿＿＿＿分

您最希望我們出版那些電腦書籍：

請將您對本書的意見告訴我們：

您有寫作的點子嗎？□無　□有　專長領域：＿＿＿＿＿＿＿＿

歡迎您加入博碩文化的行列哦！

請沿虛線剪下寄回本公司

Give Us a Piece Of Your Mind

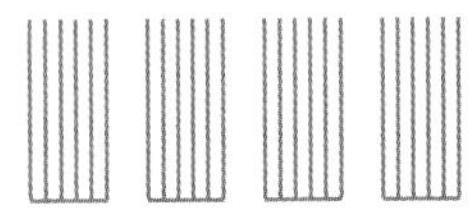

廣　告　回　函
台灣北區郵政管理局登記證
北台字第 4 6 4 7 號
印刷品・免貼郵票

221

博碩文化股份有限公司　產品部

台北縣汐止市新台五路一段 112 號 10 樓 A 棟

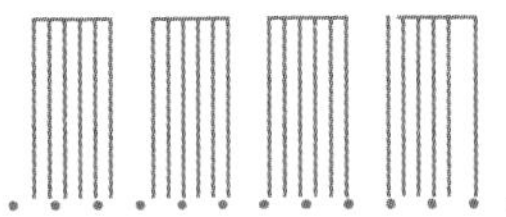